有度

一切皆有法 一切皆有度

异乡人

〔法〕加缪 /著

张一乔 /译

目　录

第一部 / 001

第二部 / 063

导读：默尔索的成年礼　赵晓力 / 127

加缪作品年表 / 145

第一部

今天，妈妈走了。又或者是昨天，我也不清楚。我收到了养老院的电报："母殁。明日下葬。节哀顺变。"这完全看不出个所以然。也许是昨天过世的吧。

1

今天,妈妈走了。又或者是昨天,我也不清楚。我收到了养老院的电报:"母殁。明日下葬。节哀顺变。"这完全看不出个所以然。也许是昨天过世的吧。

养老院在马悍沟,离阿尔及尔有八十公里的路程。我坐两点钟的公交车过去,下午可到;这样一来,我就能为妈妈守灵,明天晚上再回来。我跟老板请了两天的假,以这种理由他不可能拒绝我,然而他看起来还是不怎么情愿。我甚至跟他说:"这不是我的错。"他没有回话,让我觉得自己有点不应该。但无论如何,我没理由感到抱歉,反倒是他才应该对我表达慰问。不过后天当他看到我服丧时,大概就会向我致哀了。现在还有点像妈妈没过世一样,等葬礼过后,事情就告一段落,一切都会回到正轨。

我搭两点的公交车。天气很热。和往常一样,我在赛勒斯特的餐厅吃了饭。他们都替我感到难过,赛勒斯特跟我说:"毕竟每个人都只有一个妈妈。"我要离开的时候,他们一起送我到门口。我有点手忙脚乱的,因为得上艾曼纽勒那儿向他借黑领带和臂纱。几个月前他的伯父过世了。我跑着赶路,生怕错过公交车;也许正是因为这一连串的心急、追赶,加上路途颠簸、汽油的味道、刺眼的阳光和路面反射的热气,我昏昏沉沉,一路上几乎都在睡觉。醒来时,我靠着一个军人,他对我微笑,并问我是否从很远的地方来。我只简短回了声"对",好不必再继续聊下去。

养老院离镇上还有两公里,我走路过去,到达时我想马上去看妈妈,可是门房说我得先去见院长。他当时正在忙,所以我等了一会儿，门房在我等的同时继续攀谈着，然后我见到了院长，他在办公室里接待我。他是个矮小的老人家，身上佩戴着荣誉勋位勋章，一双清澈的眼睛看着我，跟我握手寒暄，久久不放，教我不知怎么把手收回来。他看了卷宗后对我说道："默尔索太太是三年前来的，你是她唯一的支柱。"我以为他有责怪我的意思，便开始说明缘由，但他打断了我："孩子，你不必解释这些。我看过你母亲的卷宗，你无力负担她的需求，她要人照护，你仅有一份微薄的薪水。而且她在这里比较开心。"我回答："是的，院长先生。"他接着道："你知道吗？她在这里交了朋友，是些跟她年龄相近的人，她可以跟他们分享同一个年代的话题。你年纪轻，她跟你在一起会觉得比较无趣。"这是真的。妈妈住家里时，每天只是沉默地看着我度过。初到养老院时，她经常哭，但那只是因为不习惯；若是几个月后把她接走，她还是会难过，同样是不习惯使然。有点因为这样，过去一年我几乎没来看她，再加上来一趟我的整个周日就泡汤了，更别提还得买票、赶公交车和花上两小时的车程。

院长继续和我说话，可我几乎无心听下去。接着他说："我想你一定想看看母亲吧。"我一语不发地站了起来，他便领着我往门口走去。在楼梯上他解释道:"我们将她移到太平间,以免影响其他人。每次有院友过世,其他人都会不安个两三天,这会给同仁造成困扰。"我们经过庭院时,老人家三五成群地在那里闲聊,就在我们穿过时突然静下来,接着又继续在我们身后交谈,活像哑着嗓子的聒噪鹦鹉。院长在一栋小型建筑物门前停下:"我就不打扰你了,默尔索先生。如果有任何需要我的地方,我就在办公室里。原则上,葬礼的时间订在早上十点。我们设想如此一来,你便可以为往生者守灵。最后一件事:你母亲似乎经常对同伴提起,希望能采用宗教仪式下葬。我已自行做了安排,不过还是让你知道一下。"我向他道谢。妈妈虽然不是无神论者,在世时却从来没对宗教产生任何兴趣。

我开门走了进去,里面相当明亮,纯白色的石灰墙面,屋顶是透明的玻璃天窗。太平间里放着一排排的椅子,中央架着一具棺材,上头立着几根银亮的螺钉,仅浅浅地锁进深褐色的棺盖。棺木旁有个穿着白色工作服的阿拉伯护士,头上戴着颜色鲜艳的头巾。

这时候,门房从我后头出现,他应该是跑着赶过来的,说话有点喘吁吁的:"棺盖只是暂时阖上了,我这就把钉子取出来,让你看看她。"他正要靠近棺木时被我制止。"你不想看吗?"他问道,我回答:"不想。"他顿时愣在那儿,让我有些尴尬,觉得可能不该这样说。过了一会儿,他看着我问:"为什么?"语气中不带一丝责备,好像单纯只是好奇。我说:"我不知道。"我瞥见他嘴上白色的胡子动了动。接着他避开我的目光说:"我能理解。"他的眼睛很美,是淡蓝色的,两颊红润。他为我搬了张椅子,然后坐在我后面。此时看护起身往门口走去,门房悄声告诉我:"她脸上长了疮。"我一时意会不过来,于是朝她望去,原来她整张脸罩着面纱,只露出眼睛,连鼻梁的地方也很平整,除了雪白的罩纱外,什么也看不见。

　　她出去以后,门房对我说:"那么我就先离开了。"我不知道做了什么手势,他最后还是没走,站在我后头,这样却让我不自在。黄昏的柔美阳光填满整个房间,两只大胡蜂停留在天窗上嗡嗡地叫。一股睡意朝我涌来,为了提振精神,我头也没回,就问门房:"您在这里待了很久吗?"他立刻回答:"五年。"仿佛一直在等我的问话。

之后他便打开话匣子跟我聊起来。他以前从来没想过，余生会是在马悍沟的养老院当门房度过。他说自己六十四岁，是巴黎人。这时我打断他："哦？您不是本地人吗？"不过我马上想起在带我去见院长之前，他曾跟我提起妈妈必须尽早下葬，因为平原的天气很热，尤其是这一带。这令他怀念起以前在巴黎的生活。在那里，守灵可以长达三天，有时四天；但在这里却完全没有时间，丧家还来不及接受噩耗，就得赶着把遗体送上灵车。他太太听到急忙提点他："好了，别再说了，这种事怎么好意思跟先生说。"门房老先生脸一红，赶紧向我道歉。我安慰道："没关系，真的。"我觉得他所描述的既真实又有趣。

在这小小的太平间里，他对我说自己刚进来时也是院友，因为觉得身体还很硬朗，便自告奋勇担任门房。我指出虽然如此，总的来说他还是院友之一，他却不这么认为。我之前已经注意到，他会用"他们""其他人"，偶尔还有"老人家"来称呼别人，那些人当中有的甚至比他还要年轻。不过，他当然不一样，他可是门房，某种程度上，其他人受他管辖。

看护这时又回来了。夜晚瞬间降临,很快地,浓厚的夜色笼罩天窗。门房扭亮电灯开关,我在突然开启的灯光下,一时什么也看不见。他请我到食堂用晚餐,但我并不觉得饿,所以他提议给我带杯牛奶咖啡。我同意了,因为我很喜欢喝牛奶咖啡。不久他便端着个托盘回来。我喝完咖啡想抽根烟,却有点犹豫,不确定是否能在妈妈面前抽。我想了想,这实在没什么大不了的。于是我递给门房一根烟,我们一起抽了。一会儿后,他对我说:"您知道吗?您母亲的朋友也会过来为她守灵,这是惯例。我得去搬些椅子和准备一壶黑咖啡。"我问他可否关掉一盏灯,白墙反射的灯光让我眼睛很难受。他回答说没有办法,装置的设计便是如此——只能全开或全关。之后我就没再多注意他,只知道他忙进忙出排椅子,在其中一张上头摆了许多杯子,中间放着咖啡壶。工作完成后他在我对面,也就是妈妈的另一边坐下。护士坐在同一边的最里面,背对着我,我看不到她在做什么,但是从手臂的动作能猜出她是在打毛线。天气很舒服,咖啡暖和了我的身子,夜晚的味道和花香从开着的门飘进来。我渐渐睁不开眼,打了会儿盹。

一阵窸窣声把我吵醒。因为刚刚阖过眼,整个房间显得更白更亮了,眼前没有一点阴影,而每件摆设、每个角落和所有的线条,都愈益利落得刺眼。妈妈的朋友们是这时候进来的,他们总共有十几个人,沉默地步入这令人目眩的灯光中。他们静悄悄地坐下,没有一张椅子发出声响。我仔细地打量每个人,不放过任何脸部或衣着的细节,然而这群人的静谧却让我感觉不到他们存在的真实。女院友几乎清一色穿着围裙,腰间绑了带子,让她们鼓鼓的小腹更加明显。我从来都不知道,原来女人老的时候肚子会是这么大。男院友大多很瘦,拄着拐杖。他们的脸让我印象特别深刻的是看不到眼睛,只看到皱纹凹陷处一点黯淡的微光。他们坐妥后,纷纷朝我拘谨地点点头。由于这些人双唇陷进没有牙齿的嘴巴里,我分不清他们是在跟我打招呼,还是在无意识地咂嘴。应该是打招呼吧。我发现他们全部围绕着门房坐在我对面,微微地摇头晃脑。霎时间我心中一股荒谬的感觉油然而生,仿佛他们是来审判我的。

忽然,一名女院友开始哭泣。她坐在第二排,被前面的女同伴挡住了,我看不清她的模样。她低声啜泣,抽抽搭搭地,让我觉得好像永远停不下来,其他人却仿佛听不见一般。他们消沉、阴郁且静默,专注地盯着棺木、自己的拐杖或任何一样东西。女院友继续哭着,我非常讶异,因为我完全不认识她。我真希望她别再哭下去,可是又不敢告诉她。门房凑过去跟她说了两句,但她摇摇头,含糊地不知回答些什么,继续一阵一阵地哭着。门房过来坐到我旁边,沉默许久之后解释道:"她跟您母亲很要好。她说您母亲是她在这里唯一的朋友,现在她只剩自己一个人了。"

我无言以对,就这样过了良久,女院友呜咽的频率渐渐趋缓,又连续抽噎了一阵子,终于安静下来。我不再发困,只觉得很累和腰酸背痛。此刻是这群人的死寂教我难受,仅偶尔会听见一种不知道是什么的奇特声音;长时间听下来,我猜出是其中几个老人在嘴里吸吮两颊所发出的怪声,他们自己则完全沉浸在思绪之中,一点也没察觉。我甚至觉得躺在中央的死者,对他们来说根本无关紧要。不过现在我相信那只是我的错觉。我们喝了门房盛的咖啡,下半夜的事我已不太记得,印象中只剩一次我睁开眼睛,看到老人们全靠在彼此身上睡去,除了其中一个,紧抓住拐杖,以手背支撑下巴,一动也不动地望着我,仿佛就在等我醒过来。接着我又睡着了,最后是因为腰越来越不舒服才醒的。曙光开始从天窗洒下。有个老人醒过来并开始咳嗽不止,他把痰吐在一块大方格手帕里,每咳一次的骇人声音就像要呕出血来。他吵醒了其他人,门房告诉他们是时候离开了,于是他们站起身,经过辗转难眠的一夜,他们个个面如死灰。让我意外的是,出去之前,他们一一跟我握手道别,好似共度这完全没有交谈的一夜,竟也拉近了我们的距离。

熬夜让我很疲惫,门房带我到他房里稍做梳洗,我又喝了杯香甜的牛奶咖啡。当我出门时,太阳已经升起,在分隔马悍沟和大海的丘陵上空,留下一抹抹红晕;从远方吹来的海风有淡淡的咸味,看得出一整天都会是好天气。我已经很久没有到乡下走走了,我突然觉得,如果没有妈妈的事,出去散步踏青该有多么惬意。

虽然如此,我只能站在中庭里一棵梧桐树下,等待举行葬礼。清新的土壤味道扑鼻而来,让我睡意全消。我想起在办公室的同事,此时他们正起床准备上班,对我而言,那永远是最痛苦的一刻。我的思绪停留在这些事情上没多久,便被建筑内传出的钟声打断。从窗外隐约看出里头先是一阵嘈杂与忙乱,然后再次恢复宁静。太阳又往天空正上方迈进一步,我的双脚被晒得发热。门房穿越庭院而来,说是院长要见我,于是我去了他的办公室,他让我签了几份文件。院长一身全黑,搭配条纹长裤,他边拿起电话边询问:"葬仪社的人已经到了很久,我现在要请他们过来给棺木封钉,你要先见母亲最后一面吗?"我回说不用了。他听了以后压低声音在话筒里吩咐:"菲贾克,跟他们说可以了。"

院长告诉我他会参加葬礼,我对他表达谢意。他交叉双腿坐在办公桌后面,表示除了看护以外,只有我跟他会出席。依照养老院的惯例,院友是只守灵而不参加葬礼的,"这是基于人道考虑所做的决定"。他解释道。不过这次他特别答应让妈妈的一个老朋友也来为她送行:"他的名字是汤玛·菲赫兹,"说到这里,院长笑了:"他和你母亲几乎是形影不离,你了解吗?这种情感有点像两小无猜。在养老院里,大家常拿他们开玩笑,问菲赫兹说:'你女朋友呢?'他听了总是会心一笑,他们两位都被逗得很开心。可想而知,默尔索太太的死对他影响很大。我想我不该拒绝他的请求,但由于医生的嘱咐,昨天晚上没让他来守灵。"

语毕，我们沉默了许久，院长才起身从办公室窗户往外看。突然他说道："那是马悍沟的神父。他提早到了。"他向我说明，步行到村庄里的教堂至少得走上四五十分钟，然后我们一起下楼。神父和两个辅祭侍童站在太平间前面，其中一个男童提着香炉，神父正弯腰调整它银链的长度。他看到我们时立刻直起身子，对我说了几句话，并称呼我为"孩子"，领着我走进太平间。我一眼便看见棺木上的钉子已经钉紧，旁边站着四名黑衣男子；同时院长跟我说车子正在路上等，神父也开始诵经。从这时起，一切都进行得很快。黑衣人拿着盖布走向棺木，神父、侍童、院长和我则先到外面等候。门外有位我不认识的女士，"这是默尔索先生。"院长向她介绍道。我没记住那女士的名字，只知道她是驻院护士，她面无表情地朝我点点头，瘦骨嶙峋的长脸上没有一丝笑容。我们先是站到一旁让棺木通过，接着跟在抬棺人后面走出养老院大门，门前停着一辆灵车，又长又光亮的模样让人联想起铅笔盒。灵车旁站着个打扮有点滑稽的矮小男人，他应该是礼仪师，另外还有一个局促不安的老者，我知道他就是菲赫兹先生。他戴着圆顶宽边软毡帽（当棺木经过大门时他取下帽子致意），松垮的西装长裤在鞋子上方交叠成好几褶，白色衬衫的大翻领打了一个过小的黑领结，嘴唇在满是黑头粉刺的鼻子下颤抖着。最叫我印象深刻的,是他稀疏白发外露出的一双下垂且蜷曲的耳朵,鲜红的颜色跟他苍白的脸色形成强烈对比。礼仪师安排每个人的行进次序:领头的是神父,其次是灵车,车子周围是四名抬棺人,其后是院长、我,以及队尾的驻院护士和菲赫兹先生。天空已是阳光普照,肆无忌惮地为地面加温,热气快速攀升,一身深色丧服更让我觉得酷热难耐。我不知道为什么我们等了好一阵子才正式上路。老菲赫兹本来戴回了帽子,这会儿又把它脱了下来。我站的角度微微面朝他,院长跟我谈到他时我正看着他。院长说我母亲和菲赫兹先生经常在晚上让一个护士陪着,散步到村庄去。我环顾四周景致,来体会妈妈的心情:一排排柏树绵延到远方贴近天边的山丘,一望无际的红土绿地,一间间分隔甚远、跃然纸上的房屋……这里的夜晚该是像个忧郁的休止符。白天,泛滥成灾的日光,让在热浪中融化的风景显得无情且令人沮丧。

我们终于启程,这时我才发现菲赫兹走起路来有点一拐一拐的。当灵车的速度越来越快时,老人家便逐渐落后,脱离了队伍;其中一个抬棺人也径自让车子超过去,退到我这一列来。我很讶异太阳升空的速度竟是这么快,同时惊觉沿路田园里到处都是虫鸣和草地的沙沙声。我头上的汗开始不停往下流,因为没戴帽子,只好拿手帕扇风。葬仪社的员工见状跟我说了句什么,我没听清楚。他边说边用右手掀开鸭舌帽沿,举起左手的手帕擦掉额头上的汗。我问他:"您说什么?"他指着天空重复道:"今天很晒。"我附和道:"对啊。"稍做停顿后他又说:"里头是您母亲吗?"我再回道:"对。""她年纪很大了吗?"我回答:"差不多。"其实我不晓得确切的岁数。之后他没再多说。我回头望见老菲赫兹距离我们大约五十米左右,努力摆动抓着毡帽的手加速赶路。我再看看院长,他维持着一贯的从容风度,行进中没有任何不必要的动作,尽管额头上冒出几颗汗珠,也不伸手去擦。

我觉得送葬队伍前进的速度加快了些。四周依然是阳光充斥、耀眼刺目的乡间。自天空直射而下的烈日叫人难以忍受。行程中有一段,我们经过最近刚重新铺好的路面,太阳晒得柏油直发亮,踩在上头的步伐陷进沥青里,留下许多闪烁的脚印。灵车上车夫油亮的黑皮帽,仿佛就是这大块黑泥浆揉成的。我迷失在蓝白的天空和柏油的稠黑、丧服的暗黑、灵车的漆黑……这些单调乏味的颜色里。高照的艳阳、马车的皮革和马粪味、香炉的烟味,加上一夜未眠的疲倦,模糊了我的目光和思绪。我又回头望了一眼——菲赫兹看起来离得很远,被大片热气和烟雾淹没,然后消失不见。我搜寻他的身影,发现他离开了马路,转进田野间;我看到前面的路开始转弯,原来熟悉路况的菲赫兹打算走捷径来追上我们。果然他从转角处重新加入队伍,接着又渐渐脱队,并再次穿越田野,就这样重复好几次。我无心继续留意,只觉得头昏脑涨。

后来所有过程进行得太匆忙、太过精准和自然,没能在我的记忆里留下多少痕迹,唯有一件事例外——抵达村庄前,驻院护士曾跟我说话。她的嗓音很特殊,优美而颤抖,跟她的脸蛋完全不搭调。她说的是:"如果我们走得慢,很可能会中暑;可是如果走得太快,就会汗流浃背,进到教堂里便容易着凉。"她说得有道理,这种状况进退两难,谁也无可奈何。此外,这一天在我脑海中还残留着几个影像,比如说,在村庄边界,当菲赫兹最后一次回到送葬队伍时他的模样:懊恼与痛苦的豆大泪珠滚落他的脸颊,被遍布的皱纹截断、分支又合流,在这心力交瘁的面容上化为一面光润的水膜。还有教堂和人行道上的村民,坟墓上的红色天竺葵,像支离破碎的木偶般昏厥的菲赫兹,撒在妈妈棺木上血色的红土和混在一起的白色根茎、人群、嘈杂声、村庄、在咖啡馆前的等待、无止境的隆隆汽车引擎声,以及当公交车驶进阿尔及尔明亮市区时我的喜悦,心想自己终于可以回家,倒头便睡上十二个小时。

2

　　睡醒时,我才懂得为什么老板听到我要请两天假显得不太高兴,因为今天是星期六。我当初没想到这一点,但起床时便发觉了。他必定是料想这一来,加上星期日我就有四天的假,当然开心不起来。不过第一,妈妈被选在昨天而不是今天下葬可不是我的错;第二,无论如何,周六和周日我都放假。虽然如此,我还是能理解老板当时的心情。

　　经过昨天的折腾,起床真是件苦差事。在浴室刮胡子的时候,我一边想着待会儿要做什么,最后决定去游泳放松一下,于是搭了电车到港口的海水浴场,噗通一声跳进水里。这天有很多年轻人在戏水,当中我遇到了办公室以前的打字员玛莉·佳多纳,跟她共事的时期我曾经很渴望她,我相信她也有同感,可惜她不久就离开了,我们根本没机会发展。我帮她爬上游泳圈,在动作中碰到了她的胸部。我继续留在水里,她则躺在游泳圈上,转头对着我笑,脸上沾满发丝。接着,我也爬上去到她旁边。天气很宜人,水温很舒适,我半开玩笑地头往后仰,靠在她的肚子上;她什么都没说,所以我就这样躺着不动,睁开眼尽是晴空万里,蓝金色的天空,后颈感觉玛莉的肚子缓缓地起伏。我们半睡半醒地在游泳圈上待了许久,当阳光开始变得太热,她便潜入水里,我跟着下去,追上后拦腰把她抱住,一起并肩游水。她始终开心地笑着。当我们在岸边弄干身子时,她对我说:"我晒得比你还黑。"我问她晚上要不要去看场电影,她又笑了,回答说想看一部费尔南德尔①演的片子。我们换好衣服出来,她惊讶地发现我打着黑领带,问我是否正在服丧。我告诉她妈妈过世了。她想知道是什么时候的事,我回答:"昨天。"她听了以后脸

---

① Fernandel(1903~1971),生于马赛,为法国喜剧电影演员。

色微变，但没表示什么。我本想跟她说这不是我的错，不过还是把话咽了回去，想起同样的句子我已经跟老板说过了，结果也是无济于事。尽管如此，人生在世总是免不了有点罪恶感。

到了晚上，玛莉已经把事情忘得一干二净。电影的许多桥段是挺滑稽的，但情节真是蠢得可以。我们并肩坐在戏院里，她的腿靠着我的，我抚摸她的胸部。电影结束前，我笨拙地吻了她。散场后她便跟着我回家。

我醒来时，玛莉已经走了。她说过自己得上婶婶家一趟。我想起今天是星期日，这让我心烦。我从来就不喜欢星期日。于是我回到床上，在枕头里寻找玛莉头发遗留的海水味，然后又睡到十点；清醒后还继续躺着抽烟，一直赖到中午。我不愿意像往常一样到赛勒斯特那儿吃午饭，他们一定会问我关于葬礼的事，我不喜欢这样。因为家里没有面包且懒得下去买，我只煎了几颗蛋充当一餐。

饭后，我觉得有点无聊，开始在公寓里闲晃。妈妈在的时候还好，现在这里对我来说显得太大了，于是我将餐桌移到了房间,生活起居全局限在卧室里;每天目光所及,就是几张座位有点凹陷的藤椅、镜子发黄的衣橱、梳妆台和铜床架,其余的空间成了无人使用的荒废状态。为了找点事做,我拿了一份旧报纸来读,剪下克鲁申嗅盐的广告,贴在我搜集趣味消息的剪贴簿里。做完后我洗了手,走出房间坐在阳台上。

我的卧室面朝城区的干道。这天下午天气晴朗,路面油亮,行人稀疏且匆忙。我先是看见一家人外出散步,领头的是两个穿水手服的小男孩,短裤长过膝盖,在他们僵挺的套装里显得笨手笨脚;其次是个别着粉红色蝴蝶结的小女孩,脚上穿着黑色漆皮鞋;殿后的是一身棕色丝绸洋装、体积庞大的母亲,还有颇为瘦弱、矮小的父亲。他是这附近的熟面孔,我一眼便认了出来。他戴着窄沿扁草帽,打了领结,手上拿着拐杖。看到他跟太太走在一起,我便了解为什么大家会说他是个高尚有教养的人。他们经过不久,又来了批小区里的年轻人,一身油头、红领带、强调腰身的西装外套、绣花口袋和方头鞋的打扮。看他们这么早出发,边大笑边赶着搭电车,我猜他们是要去市中心的戏院。

他们走后,路上逐渐变得空无一人。下午场的表演应该都开始了,街道上只剩看守的店员和猫。沿街竖立的榕树上,天空纯净无云,却不见灿烂阳光。对面烟草铺的老板搬出一张椅子,摆在店门前的人行道,整个人跨坐上去,两只手靠着椅背。刚才挤满人的电车现在几乎是完全净空。烟草店旁是间叫做"皮耶侯之家"的小咖啡馆,侍者在空荡荡的餐厅里清扫地上的碎屑。这真是再典型不过的星期天午后。

我转过椅子学烟草铺老板跨坐,因为这样更舒服一些。我抽了两根烟,走进房间拿了一块巧克力回来窗边吃。一瞬间,天空变得阴暗,我以为要下雷阵雨,谁知乌云又慢慢散去;飘过的云层为整条路留下了雨的预兆,让景物变得深沉。我望着天空的变化出神,就这样过了良久。

五点一到,一班班电车在当当声中抵达,从市郊足球场载回一群群挂在车阶和栏杆上的观众。我从每个人随身带着的小行李箱看出,随后而来的班次载的是出赛的球员。他们大声唱歌,为自己的队伍高喊万岁,有几个抬头朝我比手画脚,其中一个还喊道:"我们赢了!"我回了一句:"干得好!"一边点点头。这时起,大批汽车开始涌入市区。

天色再次转变。屋顶上方,天空微微染红。随着夜晚的到来,路上也变得热闹,散步的人渐渐回笼。那位高尚的父亲又出现了,孩子们不是哭着,就是任大人牵着跌跌撞撞地向前走。没多久,小区里的戏院涌出散场人潮,年轻人的举止比平常感觉更为坚决有力,我猜他们看的是一部冒险电影。从市中心回来的则晚些才到,看起来比较严肃,虽然继续说笑,但偶尔会显得疲乏和若有所思。他们在街上逗留,徘徊在对面的人行道。小区里的少女手钩着手走来,男孩子故意迎上与她们擦身而过,对她们说笑,女孩笑得花枝乱颤,频频回头看,当中几个我认识的也向我挥手打招呼。

路灯突然点亮,照得夜晚第一批升空的星星光芒黯淡。光线的变化,加上长时间注意大街上的人来人往,让我的双眼有点疲倦。街灯下潮湿的路面闪闪发亮,间歇驶过的电车车灯,映射在光亮的头发、唇红齿白的笑容或银手链上。不久后,电车班次渐渐变少,夜色越来越浓,不知不觉中街区已是人烟稀少,到第一只猫缓缓地穿越马路的当儿,终于又恢复荒凉。我想起自己还没吃晚饭。因为靠在椅背上太久,起身时我的肩颈有些僵硬不适。我下楼买了点面包和意大利面,煮了晚餐后站着就把它解决了。我本想到窗边抽根烟,但晚上天气转凉,我觉得有点冷而作罢。我关上窗户,回头从镜子里看见餐桌一角上,酒精灯旁躺着几块面包。我心想星期天总算过了,现在妈妈已经下葬,我也要重回工作岗位。结论是,我的生活就跟从前一样,什么都没改变。

3

今天整个早上我都很忙。老板和颜悦色地,问我会不会太累,并想知道妈妈的年纪。为了怕弄错,我回道:"六十几岁。"我不懂为什么,他看起来像是松了一口气,好像认为整件事圆满地结束了。

桌上积了一叠厚厚的提货单,我得全部整理过。午休之前,我洗过手才离开办公室。我喜欢在中午洗手,因为到了晚上,大家用一整天的擦手巾总是已经湿透了,原来舒适干净的感觉也大打折扣。有一天我跟老板提起这件事,他同意这的确教人不快,但仍只是个无关紧要的小细节。我十二点半才跟运输部的艾曼纽勒一起出来,比平时晚了些。从办公室能俯瞰整个海港,我们花了点时间,停下来观看炙热太阳下港口里的货轮。就在此时,一辆卡车驶来,发出链条和引擎爆燃的巨响。艾曼纽勒问我想不想试试跳上去,我听了便开始奔跑,但卡车离我们有一段距离,我们在后面苦苦追赶。噪音和灰尘把我淹没,在吊车和绞盘、沿路经过的船身和远方海平面上舞动的船桅中间,我什么都看不见,只感到一股往前飞奔的莫名冲动。我抢先追上卡车,一口气跳上去,然后帮艾曼纽勒坐上来,两个人都上气不接下气。烟尘弥漫的大太阳下,卡车驶在码头高低不平的路面,颠簸得很厉害。艾曼纽勒大呼胜利,笑到喘不过气来。

我们到赛勒斯特那儿时汗如雨下,全身都湿透了。他一如往常挺着啤酒肚、穿着围裙、微笑着展示两撇白色小胡子,在店里招呼客人。他问我"一切还好吧",我点点头并说我饿了。我吃得很快,饭后点了杯咖啡;因为几杯红酒惹来困意,回家小睡了一会儿。醒来时想抽根烟,拖延了点时间,我得跑着才能赶上电车。回到闷热的办公室,整个下午我都专注地努力工作,因此到了晚上下班时分心情特别轻松,沿着码头悠闲地散步。我望着绿色的天空,开心地享受这个美丽的夜晚。不过想起煮透马铃薯需要花点工夫,我还是直接回家了。

进门后,我在昏暗的楼梯间碰到住同一层的邻居老萨拉曼诺,他牵着养了八年的老狗,人们已习惯看到他俩形影不离。那是只西班牙猎犬,生了一种皮肤病,我想应该是疥癣,害得它几乎掉光了毛,且全身长满斑点和褐色的痂皮。由于长期跟这只狗窝在一个小房间里,老萨拉曼诺的外表也变得跟它越来越相似。他脸上生着淡红色的斑疹,头发枯黄而稀疏。宠物则从主人身上承袭了驼背的姿势,绷紧脖子,鼻子向前伸。他们看起来虽然像是一家人,却彼此厌恶。老人家每天都在十一点和六点钟带狗出门散步,八年如一日,路线从未改变。他们会沿着里昂路往下走,狗使劲拖着主人,直到老萨拉曼诺在踉跄中险些跌倒,对它破口大骂,一阵拳打脚踢。害怕的狗儿瘫在地上不敢前进,倒过来变成老人家拉着它走。当它忘记刚才的教训,又会开始拖着主人瞎跑,再讨来一顿打骂。最后,一人一犬停在人行道上互望,前者一脸憎恶,后者满是畏惧。同样的戏码天天上演。当狗要排泄时,老人家不给机会拉着就走,它只得边跑边在地上留下一滴滴水痕；要是不小心尿在家里，那它一样得挨打。这种情况已经持续八年了。赛勒斯特提起他们时总说"好悲惨啊"，但实际上，谁又真的清楚？我在楼梯上遇到老萨拉曼诺时，他正吼着他的狗："混账！没用的东西！"狗在一旁哀嚎。我跟他道声晚安，老人家还是咒骂不已，我问他这只狗犯了什么错，他没有回答我，只是厉声训斥："混账！没用的东西！"我试着找出原因，只见他弯下腰来调整狗项圈。我提高声音再问了一遍，他没抬头，压抑着怒气答道："它死都不肯动。"在他的蛮力下，不情愿的老狗尽管持续哀嚎，还是被拖着走了。

就在此时，另一个跟我住同一层的邻居进来了。小区里，人们都说他是个拉皮条的，尽管问起他的职业，他回答的是"仓库管理员"。总之，可以确定的是，他不怎么讨人喜欢。不过他经常找我聊天，有时还会到我家坐坐，因为我肯听他说话。我觉得他讲的事很有趣，再者我也没理由不搭理他。他叫做雷蒙·辛戴斯，个子矮，肩膀宽阔厚实，生着个歪鼻子，穿着倒是一直都很体面。他在谈到萨拉曼诺对待狗的方式时也说："真是惨不忍睹！"他曾问我会不会觉得这很倒胃口，而我回答："不会。"

我们一起上楼,接下来我正准备跟他道别,突然他叫住我说:"我家里有些香肠和红酒,要不要过来一起吃?"我想这样一来就不必做饭,便同意了。他家的格局同样是一个房间,和一个没有窗户的厨房。床上方挂着白色、粉红色相间的天使石膏像,还有几张冠军运动员和裸体女郎相片。房间看起来很脏乱,床也没铺。他先是点亮了油灯,然后从口袋里取出一条不太干净的绷带,绑在右手上。我问他手怎么了,他告诉我有个家伙惹毛他,他俩大打了一架。

"默尔索先生,你明白吗?"他解释道:"我不是什么凶神恶煞,只是脾气比较暴躁。那人挑衅我说:'是个男人就从电车上下来。'我说:'安分点,别找麻烦。'他却嘲笑我不是男人、没胆下车。我就下来警告他:'够了,你最好放聪明点,小心我教训你。'他回说:'怎么个教训法?'我就给了他一拳,他马上倒在地上。我本想把他扶起来,没料到他竟躺着踢了我好几下,气得我又回敬他一脚,外加两记重拳。他被打得满脸是血。我问他还敢不敢惹我,他回答:'不敢。'"

辛戴斯叙述这段经历的同时,不停整理手上的绷带,我则坐在床上。他接着说:"听完这些,你该看出不是我去惹他,是他先对我不敬的。"听起来的确没错,我表示赞同。他继续说自己有件相关的事,想询问我的意见;并说我是个阅历丰富的男子汉,一定能帮他的忙,那么他以后就会是我的好哥儿们。我没有回话,他又问我愿不愿意当他的哥儿们,我说我无所谓。他听了似乎很高兴,二话不说,拿出香肠,在锅里煎熟,又在桌上摆好杯、盘、刀叉和两瓶红酒。直到我们上桌吃饭,他才开始向我说明事情的原委。起先,他显得有些犹豫。"我认识了一个女人……应该说,她是我的情人。"那个跟他打架的男子是这女人的哥哥。他说自己出钱供养她,看我不发一语,急忙澄清他很清楚小区里是怎么说的,但他为人坦荡荡,他真的有份管理仓库的工作。

"话说回来,"他告诉我:"有一天,我发现这女人对我不忠。"他仅供给她基本的开销,除了替她付房租,每天再给她二十法郎的伙食费。"房租是三百法郎,伙食费六百法郎,偶尔给她买双丝袜,加起来便是一千法郎。这位贵夫人是不上班的。可是她却说这些钱只够勉强应付,抱怨我给的不足以过活。我就提议:'那你工作个半天如何?这样我的负担会减轻一点。

这个月我给你买了一件新套装,每天给你二十法郎,房租也是我付的,而你下午却跑去请朋友喝咖啡。你招待她们咖啡和糖,花的可是我的血汗钱。我待你不薄,你不该这样回报。'但这女人就是不上班,还老是嚷着缺钱花,便是这样才让我发现事有蹊跷。"

然后他说曾在她的包包里找出一张乐透彩券,质问她时她没法解释是怎么来的。没多久,又在她家里找到了当铺凭据,上面写着她抵押了两条手链;在此之前,他根本不知道她有什么手链。"我非常清楚她背着我搞鬼,所以决定跟她分手,摊牌时我打了她两巴掌,告诉这女人她想要的只是寻欢作乐,那才是她的本性。默尔索先生,你懂吗?我这么说:'你不知道,别人都嫉妒你有福气跟着我。以后你就会明白自己多幸运。'"他接着把她打到见血。这件事发生前,他从来没打过她。"以前那可不算打她,只是高高举起、轻轻放下。她会哀叫个两声,我就去把窗户关上,每次都这样罢了。可这次我是认真的,而且在我看来还便宜了她。"

他解释正是为了这一点,他需要别人的意见。他停下来调整越烧越短的灯芯,我一直听着他的故事,喝了将近一公升红酒,整颗头都在发热。我开始抽雷蒙的烟,我自己的已经一根不剩。末班电车经过车站,带走城区里的最后一点喧嚣。雷蒙继续往下说。他烦恼的是,尽管自己对她的肉体仍有些眷恋,还是很想惩罚她。他先是计划带她到旅馆,然后叫来风化警察,大肆羞辱一番,让她在警局留下记录;其次,他征询了道上的朋友,但他们也提不出个可行的方法。雷蒙特别点出,这正是人在江湖的悲哀。那些朋友听到他这句话,转而建议给她"留下记号",然而这并不是他想要的。他得花点脑筋思考该怎么做。同时,他想跟我讨论一件事,不过希望先知道我听完这件事后有什么想法。我说没什么想法,只觉得挺有趣。他接着问我是否认为那女人背叛了他,如果我是他会怎么做。我回答这很明显,她的确有问题,即使我没法想象自己会怎么处理,但能理解他想教训她的心情。我再喝了点酒。他点了根烟,向我揭晓他想到的方法。他要写封信给她,里头不仅狠狠修理她,又要教她觉得后悔不已。然后,当她回头来找他,他会跟她上床,就在正要完事的当儿朝她脸上吐痰,再把她赶出去。没错,这样一来,她便算得到应有的惩罚了。我对这个计划表示赞同,雷蒙却说觉得自己没办法写好这封信,打算请我代笔。我没说什么,他于是问我介不介意马上动笔,我回答说不介意。

他将杯中的红酒一饮而尽,站起身来,推开盘子和吃剩的冷香肠,仔细地将铺在桌上的防水油布擦拭干净,然后从床头小桌子的抽屉里取出方格纸、黄色信封、一只小红木杆沾水笔和装着紫墨水的方墨水瓶。他告诉我那女人的名字时,我发现她是个摩尔人。我不假思索,有点随兴地拟好了那封信,只花了点心思让雷蒙满意,因为我没有理由教他失望。我高声把信念了一遍。他边听边抽烟,不时点点头,听完又叫我再念一次。他显得相当高兴,对我说:"兄弟,我就知道你懂得人情世故。"一开始我没留意到,直到他向我宣布:"现在,你是我货真价实的好哥儿们。"我才惊觉他开始跟我称兄道弟。他见我没反应,重复把话说了一遍,我便点头称是。当不当哥儿们其实对我来说无所谓,但既然他那么有兴致,我就顺了他的意。他给信封缄,我们一起把酒喝光,继续抽着烟,这样好一会儿两个人都没说话。外面街上一片宁静,只听见有辆汽车经过。这时我说:"很晚了。"雷蒙表示今天晚上时间过得特别快。从某种角度来说,的确是这样。我觉得很困,该回家上床睡觉,可是连站起身都觉得辛苦。我大概是看起来很累,所以雷蒙才会要我别太沮丧。起初,我听不懂他的意思。后来他解释道,他听到了我妈妈的死讯,不过这种事迟早都会发生的,希望我别再难过下去。他的话我完全同意。

我站起来准备离开,雷蒙热情地跟我握手,告诉我说男人的事男人最懂。道别后,我把门带上,在黑暗中站了一阵子。整栋公寓静悄悄的,一股阴暗潮湿的味道从楼梯深处飘上来;我只听见自己的心跳在耳边回荡,就这样专注着,一动也不动。突然,从老萨拉曼诺的房里传出狗的低声呻吟,在无声的黑夜里,显得格外凄厉。

4

我认真工作了一整个星期,雷蒙来找过我,说信已经寄出去了。我跟艾曼纽勒一起看了两场电影,有时他看不懂影片在演些什么,我得一一解释给他听。昨天是星期六,玛莉如约过来找我。她穿着红白条纹洋装和皮凉鞋,美得教我心荡神迷;从衣服的起伏隐约可见她乳房的坚挺线条,可可色的肌肤让她的脸蛋就像花朵般娇美。我们搭公交车到离阿尔及尔几公里远的海边,在两面悬崖和芦苇丛间,有一处我常去的沙滩。下午四点钟的太阳并不怎么灼热,海水是温的,小小的浪潮轻柔且慵懒。玛莉教我一个把戏。在游水时吸一口浪花,含在嘴里,满了以后翻过身往天空喷出来,变成泡沫般的薄雾消失在空气中,或是像温热的小雨落回到我脸上。不过没多久,海水的盐分就让我满嘴苦味。于是玛莉游过来,在水里拥着我,嘴巴贴上我的双唇,舌头融化我嘴里滚烫的咸涩。我们就这样忘情地任海浪簇拥了好一阵子。

我们回到岸边穿好衣服,玛莉凝望着我,双眸闪烁光芒。我吻了她。从那时起,我们便没再交谈;我紧紧搂着她,两个人都急于搭上公交车回到我家,然后一起跳上床去。我让窗户开着一整晚,夏夜微风轻拂我们晒过的皮肤,很是舒爽。

隔天早上,玛莉继续留下来,我邀她一起吃午餐。我下楼去买肉,回来时听见雷蒙的房里有女人的声音。稍后,楼梯间传来脚步声、狗爪子抓木造阶梯声,还有那句:"混账!没用的东西!"可想而知,是老萨拉曼诺边骂着狗边带它上街。玛莉听我描述了老萨拉曼诺的习性不禁莞尔。她身上穿着我的睡衣,袖子因为过长卷了起来。看她一笑,又燃起了我的欲望。过一会儿,她问我是否爱她。我说这问题没什么意义,可是我觉得好像不爱。我的回答似乎伤了她的心。但准备午饭的时候,她又笑开了,教我忍不住吻了她。便在这时,雷蒙的住处突然爆发激烈的争吵,引起我们的注意。

　　起先听到的是女人尖锐的声音,接着是雷蒙骂道:"你敢对不起我,你敢,看我怎么收拾你。"一阵碰撞声后,女人声嘶力竭地哭喊,实在太过凄惨,引来的人瞬间挤满了整个楼梯间,我和玛莉也跑出去看。女人持续尖叫,雷蒙一动手就没停。玛莉说太可怕了,我没回话;她要我去叫警察,我说我不喜欢警察,但住在三楼的水管工还是带了一位过来。警察敲门之后我们再听不见一点声响,他又敲得更用力些,过了片刻,女人开始啜泣,雷蒙出来开门。他叼着根烟,一脸虚假的微笑,女孩子急忙跑上来告状。"叫什么名字?"雷蒙照实回答了。"跟我说话的时候,把你嘴上的烟熄掉。"警察说。雷蒙有些迟疑,看着我吸了口烟。忽然,警察以迅雷不及掩耳的速度重重地往他脸上甩了一巴掌,香烟从他嘴里飞出,掉到几公尺外。雷蒙立刻换了一张脸,当下一言不发,只是低声下气地问可不可以去捡他的烟;警察虽然点点头表示应允,却加上一句:"下次你就该知道,警察问话可不是闹着玩的。"一旁女孩不停哭泣,一边重复道:"他打我。他是个吃软饭的。"雷蒙于是问道:"警察先生,说一个大男人吃软饭难道是合法的吗?"警察听了命令他把嘴闭上。雷蒙转而跟女孩说:"等着瞧,小妞,我们还会再见面的。"警察又叫他闭嘴,告诉他女孩子这就得走,他则留在家里等局里传唤。警察还说雷蒙该觉得丢脸,居然醉得直打战。雷蒙解释道:"我没醉,警察先生,我发抖是因为您站在我面前,我控制不了自己。"他关上门后,看热闹的人马上一哄而散。我跟玛莉煮好了午餐,但她不饿,几乎全是我吃的。她一点钟左右离开,我小睡了一下。

将近三点时有人敲门,原来是雷蒙。我继续躺在床上,他进来坐在床边,半晌沉默不语。我问他事情经过,他说照着计划进行,本来很顺利,是她先给了他一耳光,所以他才动手。之后发生的事,便是我看到的那样。我告诉他现在那女人终于得到惩罚了,他应该觉得满意才对;他同意我的说法,同时表示无论警察做了什么,都改变不了她被教训的事实。跟着他又说自己很了解警察,心里有数该怎么跟他们打交道;倒是想问我当警察掌掴他时,我是否等着他还手。我说我当时没有任何想法,而且我不喜欢警察。雷蒙看起来相当高兴,问我想不想跟他出去走走,于是我起床整理头发。他说希望我能当他的证人,我并不反对,不过我不知道该说些什么。据雷蒙的说法,只要表明那女孩的确对不起他,这就够了。听起来挺简单的,我就答应了。我们一块儿出门,雷蒙请我喝了杯白兰地,我陪他打了一局撞球,比数很接近,我差一点就赢了。接着他本想找我上妓院,但我向来不好此道,便一口拒绝了。我们慢慢散步回家,路上他告诉我,能成功教训他的旧情人,他有多么得意。我感觉他对我很友善,这真是个愉快的夜晚。

快到家时,我远远瞥见老萨拉曼诺站在门口,似乎很不安。当我们渐渐走近,我发现他的狗不在旁边。他四处观望,转来转去,试图看穿黑暗的走廊,嘴上不停嘟囔着,一双布满血丝的小眼睛扫瞄街上每个角落。雷蒙问他怎么回事,他没有立即回答。我好像听到他喃喃地念着:"混账,没用的东西。"一边仓皇失措。我问他狗在哪里,他回答说它跑掉了,接着一下子变得滔滔不绝:"我跟往常一样带它到阅兵场散步,正好遇到市集,到处都是人。我停下来看了一会儿脱逃秀,想走的时候,它已经不见了。我知道它的项圈太大,一直想给它买个小一点的,可怎么也没想到它会就这样跑掉。"

雷蒙安慰他说狗应该是一时走散,要不了多久就会回来;还列举了许多小狗千里寻主的例子,但是老萨拉曼诺却显得更着急:"捕狗队会把它抓走,你懂吗?它全身上下那么多疮痂,叫人看了都讨厌,更别提带回家养,它绝对会被抓走的。"我建议他到收容所去,支付一些费用就能把狗带回来。他问我这笔费用会不会很高,我也不清楚。他听了很生气:"为这没用的东西花钱?哼!下辈子吧!"然后又开始骂狗。雷蒙只好笑笑,径自进到公寓里,我随他进来后,便在楼梯间与他互道晚安。没多久,我听见老萨拉曼诺的脚步声和敲门声。我打开门,他就站在门口,为难地对我说:"打扰了,不好意思。"

我请他进来坐,可他不愿意,只顾盯着鞋头和颤抖、长满斑疹的双手,低着头跟我说:"他们不会抓走它吧,默尔索先生?他们会把它还给我吧?我该怎么办好呢?"我告诉他,一般收容所都将狗保留三天,等主人来认领,期限过后,他们会视情况处理。听毕,他沉默地望着我,片刻之后道了声"晚安"。他关上房门不久,我听见他在房里来回踱步,接着是床架嘎吱作响;透过墙板,隐约传来一阵奇怪的声音,我仔细聆听后发现,原来他哭了。不知为何,我想起了妈妈。不过我隔天得早起,因为不觉得饿,晚餐也没吃,就这样直接上床睡觉。

5

雷蒙打电话到办公室找我。他说有个曾听他提起过我的朋友,邀请我星期天到他在阿尔及尔近郊的海滨小木屋玩。我说虽然我很乐意,但那天我已经答应要陪一个女孩子。雷蒙听了毫不犹豫地要我邀她一起过去,并表示他朋友的太太在男人堆里能有个女生做伴,铁定会很开心。

我本想就这样挂断,因为我知道老板不喜欢我们在上班时讲私人电话,然而雷蒙却叫住我,他没等到晚上再向我提出星期天的邀请,事实上是有另一件事想通知我。他整天都被一群阿拉伯人跟踪,他已分手情人的哥哥也在其中。"如果傍晚回家时你在公寓附近看到他,记得告诉我。"我答应他会帮忙注意。

挂完电话不一会儿,老板便要见我,当下我还以为他是为了叫我少讲电话多做事,顿时心烦了起来,后来发现完全不相干。他说要跟我谈一个尚未成形的计划,同时征询我的意见。老板有意在巴黎设办事处,于当地直接处理和大公司的往来业务,问我是否愿意过去。这样一来,我可以住在巴黎,一年之中也有机会四处走走看看。"你是年轻人,我认为你应该会喜欢这种生活。"老板说。我对职务调动虽然表示同意,但去不去巴黎我其实无所谓。他听了问我难道不想改变一下生活方式?我回答说,生活方式是改变不了的,况且每种生活都有它好的一面,我对现状并无任何不满。话一说完,他显得有些不快,批评我总是答非所问,缺乏雄心壮志,而这一点在商业界是致命伤。谈话结束,我回到座位上继续工作。当然,我不是故意惹得老板不高兴,只是我没有理由改变现在的生活。仔细想想,我没什么好抱怨的。我还是学生的时候,有很多这类的理想抱负;然而自从无可奈何地放弃了学业,我很快就了解那些实在一点也不重要。

当天晚上，玛莉跑来找我，问我愿不愿意跟她结婚。我说无所谓，如果她想结，那就这么办。接着她想知道我是否爱她。我的回答就像上次一样，问题本身没有意义，不过我想我大概不爱她。"那你为什么要娶我？"我解释这真的不是重点，既然她喜欢，结婚有何不可？再说，是她先来问我的，我只需要说声"好"，何乐不为？她反驳道："婚姻是件严肃的事。"我回答："我不这么觉得。"她听了，沉默地望着我好一会儿才说话。玛莉假设性地问，如果换成别的女孩子，一样和我这么亲近，我是不是也会同意结婚？我回道："那当然。"她反过来问自己是否爱着我，这一点我不可能知道。语毕，又沉默了一阵子，她喃喃地说我是个怪人，虽然这可能正是她爱我的原因；但也许有一天，她会因为同样的理由讨厌我。我不置可否，于是她笑着挽起我的手臂说要嫁给我。我答应她什么时候想结婚，我们就办婚礼。我跟玛莉谈到老板的提议，她说自己会很乐意到巴黎去。我告诉她，我曾在巴黎待过一段时间；她问我有什么感想，我说："那里满脏的，到处都是鸽子和阴暗的庭院，而且人的肤色很苍白。"

之后，我们沿着干道散步，穿越整个市区。街上的女生很漂亮,我问玛莉有没有注意到,她点头称是,并说她懂我的意思。接下来一段路,我们没再交谈,不过我还是希望她能留下来陪我,一起在赛勒斯特那儿晚餐;然而尽管她很愿意,却有事无法耽搁,所以走到我家附近时,我便跟她道别。她望着我发嗔:"你不想知道我究竟有什么事吗?"我确实很好奇,只是一时之间没想到发问,正是这一点让她愤愤不平。看着我发窘,她又笑了,整个人向我靠过来献上她的唇。

玛莉走后,我上赛勒斯特那儿吃晚饭。用餐中,有个奇怪的娇小女人走进餐厅,问我可否一起坐。当然,我没有拒绝的道理。她的动作急促,精致的苹果脸上生着一双明亮的眼睛。她脱下合身的外套,坐下来急躁地翻阅菜单,接着叫赛勒斯特过来,口气清晰又迅速地把餐点一口气点齐。在等开胃菜的时候,她打开手提包,取出一张便条纸和铅笔,将账单总额先计算妥当,然后再拿出小钱包,给总数添上小费,整齐地摆在自己面前。这时,侍者送上开胃菜,她狼吞虎咽地吃光。等下一道菜的空当,她又从包包里取出蓝色铅笔和一本杂志,上头列着本周的电台节目。细心地、一个接一个,她几乎勾选了所有的节目。那本杂志大约有个十来页,用餐过程中,她一直巨细靡遗地重复同样的动作;我都已经吃饱了,她还在埋头苦干。终于她站起身,机械般精准地穿回外套,很快地离开餐厅。由于无事可做,我跟着走出去,尾随在她后头。她沿着人行道边缘行走,以不可思议的敏捷和自信直线前进,既不曾稍有偏差,也不回头观望,要不了多久便从我的视线中消失。回家的路上,我回想着她怪异的行径,不过很快地,这件事就被我抛诸脑后。

在家门口,我遇到了老萨拉曼诺,我请他进房里坐。他告诉我狗确定失踪了,因为它不在收容所。那里的职员猜想它有可能是被车撞了,他于是问他们能否到警察局确认,无奈他们说,这种事几乎天天都有,警察局不会有任何记录。我向老萨拉曼诺提议再养一只,他摇摇头说已经习惯了原来那只。的确,他说得有道理。萨拉曼诺坐在餐桌前的椅子上,我则蹲在床上。他面向我,两只手放在膝盖上,头上还戴着旧毡帽没摘下,从枯黄的胡子下含糊地吐出字句。他让我觉得有些厌烦,但是我没啥事可做,又一点也不困。为了找点话说,我便跟他谈那只走失的狗。他说自己是在太太死后开始养的。他年纪不小了才结婚,当兵时他常参加军队的戏剧演出,演戏是他年轻时的梦想。虽然最后进了铁路局,他并不后悔,因为现在他有一笔小小的退休金可领。他与太太过得不算幸福快乐,但已经很习惯她的陪伴,当她走后,他觉得格外孤单。因此,他跟铁路局的同事要来这只狗,抱回家时它刚出生没多久,得用奶瓶来喂。只是由于狗的寿命比人短,到后来他俩可说是一起变老的。"它的脾气很坏,"萨拉曼诺说:"我们经常犯冲,可他还是只好狗。"我说看得出它是名种狗,萨拉曼诺听了显得很得意。"真的,而且你还没看过它生病前的模样,"他解释道:"它最漂亮的就是那一身毛。"自从狗儿生了皮肤病,萨拉曼诺每天早晚替他上药。不过老人家说,它真正的病是老化,而那是永远治不好的。

听到这里我打了个哈欠,老人家于是说他该走了。我请他多坐一会儿,并告诉他我对狗的遭遇感到很遗憾。他对我表示感谢。他说我妈妈非常喜欢他的狗。提起妈妈时,他称呼她为"你可怜的母亲"。他料想妈妈走后我一定很难过,我没有回话。接着他又快又有点尴尬地说,他知道小区里,大家为了我把妈妈送到养老院,而对我印象不佳;但是他清楚我的为人,也知道我很爱妈妈。我说自己一直没意识到(而且到现在还搞不懂原因),这件事让别人对我有了不好的评价,但既然没有足够的钱请人照顾妈妈,在我看来养老院是最自然不过的选择。"何况,"我继续说:"她已经很多年都没话跟我聊,自己在家闷得发慌。"他赞同道:"对啊,至少在养老院里,她有许多朋友。"然后他说想回家休息,起身告辞。他的生活如今已完全改变,这让他有些手足无措。自从我认识他以来,他第一次腼腆地向我伸出手,握手时我能感觉到他手上粗糙的痂皮。离开前他微笑着说:"我希望附近的狗儿夜里别乱叫,不然我会以为是我的狗回来了。"

6

星期天早上我爬不起来,玛莉得喊我的名字,把我摇醒。为了能尽早下水游泳,我们没吃早餐就出门。我整个人空荡荡的,头有点疼,叼在嘴里的香烟有一股苦味。玛莉开玩笑说我看起来"哭丧着脸"。她穿了件白色洋装,头发没扎,随意披散着。我说她很美,她开心地笑了。

下楼时,我们顺道敲了雷蒙的门,他回答说马上下来。一出门口,疲累加上在屋里时没拉开百叶窗,白天已开始发威的太阳光射进双眼,简直就像甩了我个大巴掌。玛莉在一旁雀跃地重复着天气真好。过一会儿,我觉得好多了,肚子随即开始发饿。我告诉玛莉,她耸耸肩,给我看她的油布袋,里面只有我们俩的泳衣和一条海滩巾。终于我们听到雷蒙的关门声,他边吹口哨边跑下楼,似乎很高兴。他穿着蓝色长裤和白色短袖衬衫,头上硬是配了顶扁草帽,玛莉见状咯咯地笑;他前臂的黑手毛下面露出苍白的皮肤,这身打扮真让我有点不敢恭维。他热情地向我打招呼:"嗨,老弟!"对玛莉则称"小姐"。

前一天我们去了警察局一趟,我作证那女孩的确"对不起"雷蒙,因而警察只是告诫他不得再犯,并未查证我说的话是否属实。我们和雷蒙在门前针对这件事讨论了半晌,便决定去搭公交车。沙滩其实离家不是太远,不过乘车自然比较快,雷蒙也觉得他朋友会宁愿我们很早就到。我们正要出发,雷蒙突然作势要我往前看,我转头只见对面有一群阿拉伯人,背靠着香烟铺橱窗,以他们特有的方式,默默地盯着我们;完全不动声色,仿佛我们是一堆石头或几棵枯树。雷蒙对我说左边算过来第二个,就是跟他干架的人。雷蒙一副忧心忡忡的模样,却又说事情已经告一段落。玛莉摸不着头脑,问我们是怎么一回事;我告诉她那些阿拉伯人和雷蒙有过节,她听了希望我们马上启程。雷蒙笑了笑,说是时候赶紧上路了。

我们开始朝不远处的公车站移动,雷蒙告诉我那些阿拉伯人没有跟来。我回头一看,他们一直留在原地,以同样的漠然态度,凝视着我们刚刚离开的地方。接着我们搭上公交车,雷蒙很明显是彻底松了口气,不停地说笑话逗玛莉开心。我感觉得出来雷蒙对她有意思,但她不太回他的话,仅偶尔看他一眼,对他微笑。

我们在阿尔及尔的市郊下车。海滩离站牌并不远,不过中间得先经过一片俯瞰大海的小高台,再随着渐渐倾斜的坡地下到沙滩。高台上布满浅黄色的石头和纯白色的水仙,与湛蓝的天空相互辉映,教人睁不开眼。玛莉把油布袋大力甩在花上玩,弄得花瓣撒落一地。我们路经一排排绿、白围栏的小别墅,其中有的和阳台一起隐没在飘扬的柳树背后,有些则赤裸裸地立于石堆之中。抵达高台尽头前,平静的海面已映入眼帘,远方还有一座不动如山的海岬耸立在清澈水中。一阵微弱的马达声从风平浪静的空气中传来;极远处有一艘渔船,在波光潋滟的海洋上龟速前进。玛莉停下摘了几朵鸢尾花。站在延伸至海边的斜坡上,已经可见几名早到的泳客在水中嬉戏。

雷蒙的朋友住在沙滩边上的小木屋。房子背靠峭壁,支撑屋子前端的木桩立在海水中。雷蒙替我们做了简短的介绍。他的朋友姓马颂,是个身材壮硕、肩膀厚实的高个子,妻子娇小圆润、态度亲切,带有巴黎口音。一见面,马颂便大表欢迎,让我们不要拘束,并说自己早上刚钓了些鱼,准备待会儿下锅油炸作为午餐。我对他的小木屋发出由衷的赞美,他告诉我每个周末和假日,他都来这里度过。"我跟我老婆处得很好。"他说。他太太此时正和玛莉有说有笑。看着他们,可能这是第一次,我真正动了结婚的念头。

马颂想去游泳,但他太太和雷蒙不愿意一起来,于是我们三人换上泳衣,玛莉毫不犹豫就跳进海里,我跟马颂则留在岸上一会儿才下水。他说话的速度缓慢,我尤其注意到,他习惯给每段话都加上一句"而且还不止呢",尽管这句话无法进一步表达任何具体意义。比如谈到玛莉时,他对我说:"她很标致,而且还不止呢,可说迷人得紧。"我没太留心听他的叨絮,而是专注于享受阳光下的温暖与舒适。脚下的沙子渐渐发烫，我又稍稍推迟了浸在水里的渴望，才跟马颂说："我们下水吧？"然后我就钻进水里，他却慢慢地往前走，直到水深过高方才潜入海里。他游的是蛙式且游得不怎么样，因此我丢下他去找玛莉。海水清凉，我游得很畅快。我跟玛莉并肩游了很远，彼此的动作配合得天衣无缝，心中的舒畅也互相呼应。

在海中央我们翻身改游仰式。面朝天空时，我感到阳光正蒸发我嘴上遗留的水滴。我们看到马颂回到沙滩上晒太阳；远远望去，他看起来还是很庞大。玛莉提议一起游水，让我从后面揽住她的腰，她负责摆动手臂，我双脚打水往前推进。这打水的声音一直尾随着我们，直到我终于累了，才放开玛莉，平稳地吸换气，从容不迫地往回游。到岸后，我趴在马颂旁边，脸埋在沙子里。我跟他说海水很舒服，他完全赞同。不久，玛莉也上来了，我转头看着她走过来。她浑身湿淋淋、亮闪闪，把头发抓在脑后，紧贴着我身边躺下。在太阳和她体温的双重加热下，我的意识逐渐模糊。

不知过了多久，玛莉摇醒我说马颂已经回去了，该是午餐的时候。我一听马上爬起来,开始觉得饥肠辘辘,但玛莉却叫住我,说我从早上到现在都没吻过她。这是真的,而且其实我还蛮想的。"跟我到水里来。"她对我说。我们奔跑着迎向第一排小浪,划了几下水,她紧拥着我,我感觉她的双腿围绕着我的,又唤醒了我对她的欲望。

我们上岸时,已经听见马颂喊我们吃饭。我告诉他我饿昏了,他听了立刻跟太太说我很讨他喜欢。面包非常可口,我把盘子里的炸鱼吃了个精光,主菜是牛排配炸薯条。大家吃得津津有味,没人多说一句话。马颂喝了不少酒,且不停给我斟上。最后喝咖啡时,我觉得昏沉沉的,抽了许多烟。我、雷蒙和马颂计划八月一道来海边度假,费用均摊。玛莉忽然对我们说:"你们知道现在几点吗?才十一点半!"我们都很惊讶,马颂说这时间确实很早,不过也属正常,因为肚子饿就该吃午餐,无所谓早晚。不知道为什么,玛莉听完笑了,我想她是有点喝太多。马颂问我要不要跟他到沙滩上散步:"我太太饭后总是习惯睡午觉,我自己不喜欢这样,我老是告诉她,饭后散步对健康比较好。当然,她有权选择听不听我的。"玛莉表示要留下来帮忙洗碗,马颂太太说男人继续待着只会碍事,于是我们三个人走出小木屋,再次回到了海滩。

太阳的位置几乎在正上方,海面上反射出的光线令人禁受不住。沙滩上的人这时全走光了。高台边的小木屋里,传来盘子和刀叉碰撞的声响。从地面直冒上来的热气,教人呼吸困难。一开始,雷蒙和马颂聊了些我没听过的事和人。我发现他们彼此已经认识很久,甚至有段时间还住在一起。我们朝海边移动,顺着潮水往下走。好几次,冒出头的浪花弄湿了我们的布鞋。我脑中完全放空,头顶上的熊熊烈日晒得我又进入半昏迷状态。

就在此刻,雷蒙跟马颂说了些我没听清楚的话,同时我发现沙滩尽头离我们很远的地方,有两个穿蓝色工作服的阿拉伯人走了过来。我瞄了一眼雷蒙,他跟我说:"就是他。"我们继续往前走,马颂纳闷他们怎么能跟到这里来,我猜想他们是看到了我们背着海滩袋搭公交车,但我什么都没说。

虽然阿拉伯人前进的速度很慢,没多久他们已经离得颇近。我们依旧强作镇定,雷蒙低声说:"要是真打起来,我来对付那家伙。马颂,你负责另外一个。默尔索,如果他们冒出第三个人,那就留给你。"我说了声"好",马颂把两只手伸进口袋。沙子在我脚下像火一般滚烫,我敢说它还闪着红光。随着我们一步步向前,和阿拉伯人之间的距离便不断缩短。就在相差几步的地方,阿拉伯人停了下来,我和马颂亦放慢脚步,雷蒙则直接走向他的对手。我听不清他说了什么,但对方摆出像是要一头撞过来的姿势,雷蒙于是动手给了他一拳,随即大声呼叫马颂。马颂迎上自己负责的那一个,使尽吃奶的力气揍了他两下;他应声倒在水里,脸朝下躺了几秒钟,从水底冒出许多小气泡,浮上水面绕着他的头打转。同时,雷蒙也把对手打得满脸是血,转头对我说:"你看我怎么修理他!"我惊呼:"小心,他手上有刀!"可是已经太迟,雷蒙的手臂和嘴巴瞬间各多了一道口子。

马颂见状跳上前,然而另一个阿拉伯人已爬了起来,站在持刀的同伙后面。我们一动也不敢动。他们小心翼翼地往后退,目不转睛地盯着我们,一边挥刀警示我们不可轻举妄动,等到退出攻击范围外,立刻一溜烟地拔腿就跑。我们呆立在太阳底下,雷蒙一手紧压住还在淌血的手臂。马颂说有个医生每逢星期天都在高台上度假,雷蒙想马上过去找他,可他每次开口说话,就从嘴里吐出血泡来。我们扶着他尽快回到小木屋,雷蒙这时说他的伤口并不深，走到医生那里没有问题，便跟马颂一起离开，吩咐我留下来跟女士们解释事情的经过。看到马颂太太吓得哭了，玛莉脸色发白，只让我觉得心烦；简单几句话交代过后，我就懒得多说，点起烟静静地看海。

一点半左右，马颂陪着雷蒙回来了。雷蒙手臂绑着绷带，嘴上贴着胶布。医生告诉他只是轻伤，他看起来却很消沉。马颂试着逗他笑，他总是不说话。最后他终于开口说要到沙滩上去，我问他要去哪，他回答想去透透气。我跟马颂于是表示愿意陪他，他听了突然发起脾气，对着我们咒骂。马颂当下决定还是别刺激他，让他自己冷静一会儿。尽管如此，我还是跟了出去。

我们在海滩上走了很长一段时间。炽热的太阳压得人抬不起头，强光碎成一片片，散落在沙滩和海面上。我感觉雷蒙知道自己要往哪里去，不过可能是我的错觉。最后，我们来到沙地尽头，大岩石后头流出一道泉水，流过沙滩。就在这里，我们又见到了那两个阿拉伯人。他们躺在地上，一身工作服满是油污。两个人都看起来非常冷静，甚至可以说有些得意，我们的出现对他们没有任何影响。刺伤雷蒙的人只是看着他，什么也不说。另一个一边用眼角瞥我们，一边吹奏他的小芦苇笛，不停重复三个单调的音符。

一时之间，在灼热的阳光下僵持的双方，只听得见水流声和三个乐音。雷蒙将手放到装着手枪的口袋上，对方依旧没有动静，两个人还是紧盯对方。我注意到吹芦苇笛的那个，脚指头分得异常开。雷蒙双眼专注在对手身上，一面向我问道："我一枪毙了他？"我心想要是我说不，他的怨气无处宣泄，冲动起来肯定会开枪。于是我改口道："他还没跟你说过半句话。这样开枪不够光明正大。"又是一阵沉默，轻柔的水声和未曾间断的笛声，在热气中发酵。雷蒙考虑后说道："好，那我要狠狠骂他两句，等他回嘴我就毙了他。"我回答："没错。不过如果他没亮出刀子，你就没理由开枪。"雷蒙开始有点紧张。吹笛子的一刻也没停，他们两个正仔细观察雷蒙的一举一动。"这样好了，"我跟雷蒙说："把你的手枪给我，跟他一对一单挑。要是另一个人来插手，或是他再拿出那把刀子，我就毙了他。"

当雷蒙把手枪递给我时，一道阳光掠过，金属反射出亮光。

然而，四个人仍旧纹丝不动，仿佛被周围的空气所包围，动弹不得。我们彼此直视，眼睛眨也不眨，在海洋、沙滩和太阳之间，一切都静止了，笛音和流水声也停顿下来。我脑中同时闪过开枪和不开枪的念头。忽然，阿拉伯人开始向后退，溜到岩石后面，消失不见。我和雷蒙便不再追究，沿原路往回走。他看起来心情好多了，还提起回程要搭的公交车班次。

我陪着他回到小木屋外，他踩着一阶阶木梯往上爬，我却停在第一阶前。太阳晒得我脑袋嗡嗡作响，想到要花精神爬上楼梯，再跟女士们说笑，我完全提不起劲。但是天气实在太热，站在从天而降、教人眼花的光幕里不动，也让我觉得辛苦。不管留在原地或去到哪里，结果都是一样。过了片刻，我决定转身走回海滩。

阳光还是炙热得伤眼。沙滩上，大海急遽喘息，吞吐着一波波小浪。我慢慢地朝岩石堆走去，感觉前额在太阳下发胀。高温压迫着我，不让我往前行。每当感到它炎热的气息侵袭脸颊，我便咬紧牙关，紧握插在长裤口袋里的拳头，奋力一搏，想战胜太阳和它试图灌入我体内的麻醉剂。沙滩、白贝壳或玻璃碎片反射出的光芒就像利剑，教我不由自主地缩紧下颚。就这样，我步行良久。

远远的，我看见那一小片黑色岩石堆，被阳光映射在海水薄雾上所形成的光晕所包围。我想起岩石后清凉的水流，渴望再听到流水的呢喃，渴望躲避太阳、辛劳和女人的眼泪，找回岩石庇荫下的阴凉和安宁。然而当我走近时，才发现雷蒙的死对头也来了。他只有单独一个人，后脑勺枕着双臂平躺在岩石边，脸部躲在阴影下，身体暴露在阳光里，蓝色工作服热得直冒烟。我有些惊讶。我本以为这件事已经告一段落，来的时候压根没放在心上。

他一看到我，就略微直起身子，把手伸进口袋里。我的直觉反应，当然是握住外套口袋里雷蒙的手枪。他见状又再一次往后退，手还是留在口袋里。我距离他很远，大约十几公尺。有时我从他半闭的眼皮下窥见他的目光，不过多数时间，是热浪中他的身影在我眼前跳舞。比起中午时分，浪潮声更加慵懒平缓。白昼在岩浆一般的大海中抛锚，经过整整两个钟头，没有一点变换的动静；一样的烈日，一样的光线，照在延伸到这里的同一片沙滩上。海天交界处,一艘小汽船经过,我是从眼角看到的小黑点猜测的,因为我得一直盯着阿拉伯人。我想过只要转身往回走,事情就会画上句点;可是身后整个热气沸腾的海滩让我举步维艰。我朝水流的方向移动了几步。阿拉伯人没有动作。他离我还是很远,也许是脸上阴影的缘故,他看起来好像在笑。我驻足等待。猛烈的阳光攻占我的双颊,汗珠在我的眉毛凝聚。这跟妈妈葬礼那天是同样的太阳,就像那天,我的额头难受得紧,血管群起急速跳动,就像要爆裂开来。由于无法再忍受这股燥热,我往前迈出一步。我知道这很愚蠢,走一步路不可能摆脱无所不在的阳光,但我还是跨了出去。这一次,阿拉伯人马上亮出刀子。太阳光溅在刀片上,反射出细长的光刃,抵住我的前额。此一同时,集结在我眉毛上的汗珠终于跌下,变成温热咸湿的水帘,覆盖在眼皮上。一时间我什么都看不见,只有太阳依然在我的额头上敲锣打鼓;朦胧中,隐约可见闪亮的刀刃还在我面前晃荡,啃蚀我的睫毛,钻进我疼痛的双眼。从这时开始,世界全变了调。自大海涌来厚重炽热的灼风,整片天空从中绽开,降下火雨。我全身僵硬,握枪的手猛地一缩紧,扣了扳机,手指碰到了光滑的枪柄。在这声干涩、震耳欲聋的枪响中,一切开始急转直下。我摇头甩开汗水和挥之不去的烈焰,发觉自己毁掉了这一天的完美,毁掉了沙滩上的平静安详和我曾经在此拥有的快乐。于是,我又朝躺在地上毫无动静的身体连续开了四枪,子弹深陷入体,不见踪迹。这四枪仿佛短促的叩门声,让我亲手敲开了通往厄运的大门。

第二部

法官和我也在椅子上安顿好后,审讯便开始了。首先,他说我在人们的印象中是个沉默寡言、性格内向的人,想知道我有什么看法。我回答:"那是因为我从来都觉得没什么好说的,所以宁可把嘴闭上。"

1

我被拘捕之后立即接受了好几次侦讯,不过那只是些关于身份的例行讯问,时间都不长。初到警局时,似乎没人对我的案件感兴趣;然而八天后,当我见到预审法官,却发现他那双盯着我的眼睛充满了好奇。一开始他同样先询问我的姓名、住址、职业、出生地和日期,接着他想知道我是否已经选好辩护律师。我表示没有,并询问是否一定得有个代表律师。他听了说:"为什么这样问?"我回答说自己的案子很单纯。他微笑道:"这是您的看法。但是法律自有其规定,如果您没有选择代表律师,我们会替您指派一位。"我觉得法院能负责这些小细节，真是再方便不过；他听了我的想法，也同意法律确实制定得很完善。

起初我没有认真看待与他的会面。法官的办公室窗帘紧闭，桌上摆的那盏台灯是唯一光源，灯光投射在他让我坐下的扶手椅上头，他自己则待在阴影里。我曾在书上读过类似的场景描述，所以对我来说这就像一场游戏。与他交谈一阵子后，我才看清他的外貌：他轮廓分明，眼珠是深蓝色，身材高大，蓄着灰色胡须，头发浓密且近乎花白。他看起来相当理智，尽管嘴角边偶尔出现不自然的抽搐，整体来说还是给人一定程度的好感。要不是我及时想起自己杀了人，离开办公室前，我甚至一度想跟他握手道别。

隔天，律师到监狱来看我。他身形矮胖，年纪颇轻，头发梳得很是服帖。这种大热天（我只穿着衬衫），他还是一身深色西装打扮，直挺挺的燕子领衬衫，打着条怪异的黑白粗条纹领带。他将公文包搁在我床上，自我介绍后说他研究过我的案子，认为虽然有些棘手，仍有胜诉的把握，只要我肯信任他，与他合作。我对他表示感谢，他随即说道："那么就切入正题吧。"

他在床上坐下,向我解释警方针对我私生活的情况进行了一番了解,知道我母亲不久前才在养老院过世,因此也到马悍沟做过调查。那里的人说妈妈葬礼当天我表现出"无动于衷的态度"。"您了解吗?"律师说:"向您提出这种问题,其实我有些尴尬。不过这真的很重要,如果我找不到任何论点替您辩护,那它就会变成控方关键性的论述依据。"他希望我尽力协助他,并问我那天是否曾感到丧母之痛。这个问题令我非常震惊,若换作是我来发问,肯定也会相当为难。但我坦言自己已经不大有自省的习惯,因此很难回答。我应该是蛮喜欢妈妈的,然而这并不能代表什么。每个心智健全的人,多多少少都曾盼望自己所爱的人死去。听到这里,律师突然打断我的话,显得很不安。他要我保证绝对不在庭讯或预审法官面前说这番话。我继续尝试对他解释,生理上的因素经常会对我的情感酝酿造成妨碍。妈妈下葬的那一天,我非常疲惫,只想倒头就睡,所以没能真正意识到当时发生的事。我很确定的一点是,我会宁愿妈妈没死,还活在世上。可是我的律师似乎仍然不太满意,他对我说:"这是不够的。"

他略作思考后,问我是否可以说当天我压抑了内心情感,不让它流露出来。我回答："不行,因为这不是事实。"语毕,他奇怪地望着我,好像我有点令他反感。接下来他几乎是带恶意地警告我,无论如何,院长和养老院的员工都会出庭作证,结果可能对我极其不利。我提醒他这件事和我的案子并不相关,他听了只说:"很明显,您从来没跟司法打过交道。"

最后他气呼呼地离开。我也想留住他,说明自己渴望他的同情。这么做倒不是希望他会因此更卖力为我辩护,而是希望他能自然而然、发自内心地怜悯我。尤其我看得出来自己让他很不自在;他无法理解我,因而对我有些埋怨。我也想向他保证自己就跟所有人一样,是个普通人。不过,这些话实际上起不了什么作用,我懒得多费唇舌,便放弃了。

律师走后没多久,我又被带到预审法官那儿。时值下午两点钟,阳光穿透薄薄的窗帘,照亮整间办公室,室内很闷热。他先请我坐下,然后非常礼貌地告知说我的律师"由于突发状况"不能前来。在有律师到场陪同以前,我有权不回答他的问题。但我表示可以单独接受讯问,他在桌上按了一个钮,马上有个年轻的书记官进来,到我的正后方坐下。法官和我也在椅子上安顿好后，审讯便开始了。首先，他说我在人们的印象中是个沉默寡言、性格内向的人，想知道我有什么看法。我回答："那是因为我从来都觉得没什么好说的，所以宁可把嘴闭上。"他像我们第一次会面时那样微笑，对我说这的确是最明智的做法："再说，这一点也不重要。"他注视着我停顿了一会儿，然后突然坐正，迅速地脱口而出："我真正感兴趣的，是您本人。"我不太懂他这句话的意思，便没有回话。他继续说："您的犯行中有些我百思不得其解的地方，我相信您能帮我加以厘清。"我表示事情发生的一切过程很单纯，他还是坚持要我描述那一天的经过。于是我又跟他把上次讲过的内容顺过一遍：雷蒙、沙滩、游水、打斗、再次回到沙滩、流水、太阳光和开枪击出五发子弹。每讲完一句他都点头道："没错，没错。"当我讲到躺在沙滩上的躯体时，他特别说了声："对。"就这样，他让我从头把故事重复一次。我觉得自己这辈子好像从来没说过这么多话。

　　沉默一阵子以后，他站起身跟我说他很关心且愿意帮助我，在上帝的协助之下，他也许能为我做点什么。但在此之前，他想先问我几个问题。没等我反应，他劈头就问我爱不爱妈妈。我回答："当然，跟所有人一样。"这时本来一直规律地打字记录的书记官犹豫了会儿,不知是不是按错了键,得退回去重打一遍。接下来同样是看不出逻辑关联的提问,法官想知道我那五枪是不是连续击发的。我稍做思考后,说明我是先开一枪,隔几秒钟才继续开另外四枪。"为什么您在第一次和第二次开枪中间会停下来?"他质疑道。回想起那时的情况,火红色的沙滩再度浮现眼前,照在额头上烧烫的太阳光还记忆犹新,然而这次我没有回答。等不到我响应的法官,在这段静默中焦躁了起来。他坐回椅子上,拨弄凌乱的头发,将手肘靠在办公桌上,以一种奇特的态度微倾向我道:"为什么?为什么您会朝一个倒在地上的人开枪?"又一次,我还是不知该怎么回答。法官以手支额,改用稍微不同的口气重复一样的问题:"为什么?您一定得给个答案。到底为什么?"我始终不发一语。

他猛然起身,大步走到办公室另一头,打开文件柜的抽屉,取出一只纯银的耶稣像十字架,举着它朝我走来,以几乎颤抖的声音喊道:"您知道他是谁吗?"我说:"当然知道。"他又快又激动地告诉我他相信上帝,且坚信没有任何人是十恶不赦到上帝无法原谅的,前提是人必须心存悔意,像孩子一样,敞开白纸般的灵魂,准备好全然接受信仰。他整个上身往前倾过半个办公桌,在我头上挥舞着他的十字架。说实话,他说的大道理我只能勉强理解,第一是因为我很热,其次是他的办公室里有许多大苍蝇,时而飞来停在我脸上,还有就是他让我觉得有点害怕;同时我承认这有点荒谬,因为毕竟我是个犯人啊。他滔滔不绝地继续着,我大概听懂的是,我的供词中仅有一点隐晦不明的地方,就是我稍作停顿才开了第二次枪。其他部分都很明朗,只有这里他无法了解。

我本想要他别再追根究底,告诉他这一点其实不怎么重要,但他打断我,站直了身子问我信不信上帝。我的回答是否定的。他愤慨地坐回椅子上,对我说这是不可能的,每个人都相信上帝的存在,即使那些背弃他的人。这是他的信念,如果有天他对此产生了疑虑,那他的人生便将失去意义。"您想要让我的人生失去意义吗?"他叫道。在我看来这与我无关,我也照实告诉他。话才说完,他已经把耶稣推到我眼前,有些失去理智地对我喊道:"我是个基督徒,我请求他原谅你所犯的过错。你怎能不信他曾为你受难?"我清楚地发现他对我已经不再以礼相待,不过我也受够了。房间里的闷热让人觉得越来越沉重。习惯上,当我想摆脱某个难以应付的人,就会假意表示赞同。令我惊讶的是,他马上得意地说:"你看,你看!"他叫道:"你还是相信和愿意依靠他的!"当然,我否定了他的推论。他这又跌坐回椅子上。

他看起来很疲倦,沉默了好一阵子,一旁不停记录谈话内容的机器还继续嗒嗒响着,急忙跟上最后几句话。他面带忧伤,专注地凝视我,然后喃喃道:"我从来没见过像您这样顽固的灵魂。来到我面前的嫌犯,没有一个不在这个耶稣受难像前掉泪的。"我心想,那纯粹是因为他们犯了罪。但在脱口说出这句话前,我想起我也跟他们没两样,只是没办法将自己与他们联想在一块儿。法官站起身,像是要告诉我审讯业已告一段落。他最后又有些疲乏地问我是否对犯行感到后悔。我思考了一下,回答与其说后悔,不如说这对我带来了一定程度上的困扰。我觉得他听不懂我的意思,但这一天的对话就到此结束,没再有任何进展。

之后我经常见到预审法官,但每一次都由我的律师作陪。双方关心的仅止于让我进一步厘清之前陈述的某些重点。有时法官也和律师讨论我受到的指控,不过当他们谈论这些细节时,从来不留意在一旁的我。总之,渐渐地,侦讯的氛围有了转变。法官似乎不再对我感兴趣,某种程度上他就像已经结了案;再没跟我提起上帝,我也没再见过他像那天一样激动的模样。结果,我们的会面变得简短扼要许多。几个问题,和我的律师交换点意见,讯问就告终了。正如法官所言,我的案子进展得很顺利。有几次,当谈话内容不那么专业时,他们还会邀我一起加入。我开始能自在地呼吸,侦讯中没有人厉声严词地对待我,所有事情看起来是那么自然、按部就班、拿捏得恰到好处,我甚至产生"我是他们的一分子"这种荒谬的错觉。预审来到第十一个月时,我甚至发现,除了每次法官送我到办公室门口,拍拍我的肩膀以熟悉的语气说"今天就先到这里吧,反基督先生"这短暂、令人满足的一刻以外,我几乎就没什么好期待的。因为与他道别后,我就得被送回牢房里。

2

有些事我从来就不爱说。当我在监狱里待上几天后,我便知道自己以后不会想提起我人生中的这一段。

过了些时日,我已不再将这份厌恶放在心上。其实,起初几天我还称不上真的在坐牢,只是漫无目的地等待有新的事情发生。这情况在玛莉第一次,也是最后一次来探监后,才有所改变。有一天我收到她的来信(信里写到她没法再来看我,因为她不是我的妻子),从这天开始,我才有以牢房为家、生命就在此停滞的真实感。我被拘捕的当天,是跟其他几个囚犯关在同一间牢房里,其中大多数是阿拉伯人。他们看到我先是一阵嬉笑,接着问我犯了什么罪。我说我杀了个阿拉伯人,他们便全都安静下来。不久,到了晚上,他们开始教我把睡觉用的席子从一端慢慢卷成圆筒状,好当作枕头。整晚都有臭虫在我脸上爬来爬去。过了几天,我被移送到个别的牢房里,可以睡在木造床板上,还有便桶和盥洗用的铁盆。监狱位于全城的制高处,从一扇小窗看得到海。某天就在我抓着铁窗栏杆,伸长脖子欣赏外头阳光普照的景致时,监狱看守员进来说我有访客。我猜想那应该是玛莉,也的确是她没错。

我跟着看守员穿过一条长廊,步下楼梯,又走到另一条长廊尽头,才抵达会客室。阳光透过宽敞的窗口照亮室内,两道铁栅栏将房间分成三等分,中间部分占八到十米大小,借此将囚犯和访客分隔开来。我端详在我对面的玛莉,她穿着条纹连衣裙,小麦色的肌肤一如往常。我这一头共有十几名囚犯,大部分是阿拉伯人。玛莉周围是些摩尔人,她两边的访客一个是全身黑色打扮、嘴唇紧闭的矮小老妇,另一边是臃肿的妇人,嗓门很大,还不停地打着各种手势。由于栅栏间隔了一段距离,访客和囚犯没有选择,必须高声说话才能彼此沟通。当我进来时,在赤裸墙面间反弹的回音,加上通过窗户玻璃后四散在房间里的刺眼光线,让我顿时一阵晕眩。我的牢房比起来宁静、阴凉多了。我得花上几秒钟适应,不过才一会儿,我就又能看清每张脸孔从大白天的光线里浮现。我看到有个看守员坐在两道栅栏之间的走道尽头。大部分阿拉伯囚犯和他们的家人都面对面蹲着,即使在一片嘈杂中仍能小声对谈。头上是不停交错的呼喊,他们喑哑的低语形成一股在背景中持续演奏的低音呢喃。这情况我是在走向玛莉时,很快地一并注意到的。紧贴在栏杆上的她,努力向我挤出笑容。我觉得她很美,却没想到该对她表达赞赏之意。

"怎么样?"她高声对我说:"你还好吧?不缺什么吧?该有的东西都有吗?"

"都有,什么都不缺。"

我们沉静了一阵,没再对话,玛莉始终对我微笑着。胖妇人朝我隔壁的人喊叫,他是个高大、目光坦率的金发男子,大概是她先生。他们继续着之前的话题。

"珍不肯照顾他，"她奋力叫道。

"喔，是吗？"男子回答。

"我跟她说你一出去就会接他回家，可她就是不肯。"

玛莉喊着告诉我，雷蒙要她代为向我问好，我回答"谢了"，但声音被旁边的男子一声"他好吗"盖了过去。他太太笑着说："当然，从来没这么好过。"我左边是个年轻人，个子矮小，生着一双纤细、秀气的手，从头到尾一语不发。他对面是那个矮小的老妇人，两人激动对望，我听见玛莉大声叫我不要放弃希望，因此没机会继续观察他们的举动。我看着玛莉说："我会的。"突然很想隔着裙子按住她的肩膀；我是如此向往触碰这块轻薄的布料，除此之外实在不知道该希冀些什么。而玛莉想的好像也是同一件事，因为她总是微笑着。我只看到她洁白闪亮的牙齿，和眼角的笑纹。这时她又叫道："你会没事的，等你出来我们就结婚！"我回道："你真这么想？"但其实只是为了说点什么。她听了提高音量，一口气不间断地说她相信我将被宣告无罪，然后我们可以再一起去游水。同时，另一边的妇人喊道她在书记室放了一只篮子,把里面所有东西都点过一遍,强调必须留意没有短少,因为每样都不便宜。左边的年轻囚犯和他母亲依旧相望无言。阿拉伯人的低语继续在我们高声喊叫下回荡着。外面的日光仿佛像气球一样膨胀开来,紧压着窗洞。

我觉得有点不太舒服,宁愿结束会面就此离开,鼎沸的人声让我很难受。然而另一方面,我又不想浪费与玛莉相处的机会。我不知道时间过了多久,玛莉和我聊了她的工作,脸上一直挂着笑容。呢喃、喊叫、谈话互相交错。会客室里唯一静默的,只有我旁边这对彼此凝望的母子。不久,阿拉伯人一一被带走,从第一个人离开起,几乎大家都同时静了下来。矮小的妇人贴近栏杆,这时看守员向她儿子做了个手势。他于是说:"再见,妈妈。"她将手伸出栏杆,微微地、缓慢地向他挥手道别。

她离开同时进来的是个手上拿着帽子的男人,取代了她原来的位置。看守员领进另一名囚犯,两个人很快就热络地交谈起来,但音量只有之前的一半,因为会客室已从原先的嘈杂回复到宁静。接着我右边的囚犯也被带走,他太太好像没注意到不再需要吼叫,还是高声对他喊道:"小心点,好好照顾自己。"之后便轮到我了。玛莉给我一个飞吻。我在走出会客室前回头望了她最后一眼，她一动也不动，整张脸贴在栏杆上，笑容因而扭曲、僵硬。会面过后不久，她写了封信给我，我不爱说的那些事也是从这时候开始的。尽管如此，也无须过度加以渲染，而且在这上头我比其他人更轻易就熬了过去。在我被收押之初，最辛苦的地方其实是我的思考模式还是跟个自由人一样，没有改变。举例来说，我会想到沙滩上，往海里走下去。想象第一波浪潮弄湿我脚掌，身体进到水里舒畅的感觉，一时之间牢房的四面墙就更充满了压迫感。不过这种情况仅持续了几个月，过后我的想法便跟普通囚犯无异。我在牢房里等待每天的庭院散步，或是律师来访的时刻。剩余的时间我安排得相当妥当。我常想若是有人让我住在一根枯树干里，天天无事可做，只能仰望那一小块天空的变化，最后我也会慢慢习惯。我会等着听路过的飞鸟或欣赏云朵的分合，就像我在牢里等着看律师的奇特领带，或是在另一个世界里，我耐心等到星期六，终于有机会抱着玛莉一样。而且仔细想想，我并不是待在枯树干里，世上比我更为不幸的人多得是。这也是妈妈的看法，她以前经常这么说：人到最后什么事都会习以为常。

其余的，我没再想得那么远。前几个月的确很难熬，但咬紧牙关坚持住，也就过去了。例如，我为了对女人的渴望无法得到满足，而感到痛苦难耐。我还年轻，这很正常。我从来不是特别去想玛莉，而是疯狂地想要一个女人，回想所有我认识的女子，当时我之所以喜欢她们的各种情况，然后让我的牢房里填满了每一张脸，被我的欲望所占领。这虽然让我失去心理上的平衡，但从另一个角度想，却是打发时间的好方法。后来我获得了陪送餐员巡房的典狱长的同情。最初，女人问题是他跟我提起的，因为这是其他受刑人抱怨的第一件事。我告诉他自己跟他们一样，并觉得这种待遇很不公平。"可是，"他跟我说："这正是人家把你关在监狱里的用意。"我问："怎么说？""限制行动啊，不是吗？坐牢就是要让你失去自由。"我从来没想过这一点。"没错，"我点点头道："不然怎么叫惩罚呢？""对，你能懂得这道理很好，其他人就想不通，不过最终他们会有法子自己解决的。"说完典狱长就离开了。

此外，还有烟瘾问题。当我进到监狱里时，皮带、鞋带、领带和口袋里的东西都一并没收了，包括我的香烟。一到牢房，我便请他们还给我，但他们回答说这是明令禁止的。刚开始几天真的很难过。没烟抽可能是最让我感到挫折的一环。我从床板掰下小块木片,含在嘴里吸吮;一整天焦躁地踱步,不时感到恶心想吐。我不懂为何他们要剥夺这种不会伤害任何人的权利。后来,我明白了这也是处分的一部分。不过这时我已经习惯了不抽烟,因而它对我也不再是一种惩罚。

除了这些困扰以外,我还不算太悲惨。就像之前提到的,坐牢的重点其实在于如何打发时间。自从我学会了回想过去,便再也没觉得无聊过。有几次我回想起自己公寓里的房间,在脑海中想象从一端出发,清点路上该出现的东西,再回到原点。刚开始很快就能走过一遍,但每次只要重新来过,花的时间就会更长一些。我渐渐想起每一件家具,然后是家具上的每一样东西,每一样东西上的全部细节和细节本身,像是锈痕、裂缝或者有缺口的边角,还有颜色或纹路。与此同时,我试着保全记忆中列表的连贯性,好最后完整地列举一遍。这样几个星期下来,光是数着我房间里的东西,就能花上好几个钟头。越是认真思考,就有越多忽略和遗忘的部分从记忆里浮现出来。结论是,我发现即使在外头仅生活过一天的人,都能在监狱里待上百年。他已有足够的回忆,让自己不感到无聊。如果单纯从这方面来看,可说是个优点。

睡眠也是一个问题。一开始,我晚上睡不好,白天睡不着。日子慢慢过下来,我晚上睡得好些了,白天也还能睡一点。最后那几个月,我一天能睡上十六到十八个小时,换言之,只剩下六个小时得打发,还不包括吃饭、大小号、回忆游戏和捷克斯洛伐克的故事。

在床板和草席中间,我找到一张几乎黏在席子上、发黄、接近透明的旧报纸。上头是一则社会新闻,虽然看不到文章的开头,不过整个事件应该是发生在捷克斯洛伐克。有个捷克男子离开了生长的小村庄,希望能在外地成就一番事业。二十五年后,成功发大财的他带着妻儿衣锦还乡。他的母亲在家乡和他姐姐一起经营旅馆,为了给她们惊喜,他将太太和儿子安置在另一家饭店,然后自己到母亲的旅馆去;由于许久未见,她竟没认出他来。他突然想和亲人开个玩笑,当下要了一个房间过夜,还不吝于表现自己的富有。那天夜里,他母亲和姐姐用榔头将他杀害,偷走他的钱财,然后将尸体丢进河里。隔天早上,他的太太到旅馆来,在不知情的状况下揭露了他的真实身份。最后,他母亲上吊,姐姐跳井。这故事我读了该有上千次。表面上,它看起来太戏剧化,让人难以置信;另一方面,却又很合乎常理。总之,我觉得这场悲剧有一部分得怪捷克男子自己弄巧成拙,这种事本来就不该随便闹着玩。

就这样,长时间的睡眠、回忆游戏、阅读那篇社会新闻,在日复一日昼夜光影变换间,时间过得很快。我曾读到在监狱里待久了,会逐渐失去时间概念的说法,但那对我而言没有太大意义,当时我并不懂,原来日子能让人同时觉得漫长又短暂。漫长得度日如年不说,还膨胀到彼此交叠,最终界线消失,既定的名字也不复存在。对我来说,只有"昨天"或"明天"这种词汇还保有原意。

有一天,看守员说我在这里已经过了五个月,我虽然相信他,却无法具体领会这句话的含意。在我看来,这只是同一天在我的牢房里不断重演,我也不停继续同样的动作来消磨时间。这天,看守员走后,我从铁盆上端详我的倒影,觉得即使自己试着对它微笑,它看起来依旧很严肃。我左摇右摆,看着那倒影在我眼前晃动,但它还是维持着严峻和阴沉的表情。一天将到尽头,又到了我不愿谈论的时刻,一个无以名状的时刻。此时,夜晚的声音悄悄地从监狱的每一层爬上来。我走近窗边,在最后的暮光中再次凝视我的倒影。它还是一样严肃,然而已不再教我讶异,因为此时我感觉自己也严肃了起来。刹那间,数个月来第一次,我清楚意识到一个说话声,并认出那是每到傍晚便在我耳边回荡的声音。原来,这段日子以来,我一直在自言自语。顿时我想起妈妈葬礼上护士说过的话。的确,这种状况谁都无可奈何,也没人能想象监狱里的夜晚是什么样的。

3

　　季节可以说交替得很快,才过了个酷暑,转眼另一个夏天又到了。我知道第一波热浪来袭时,新的局面也将随之而来。我的案子排进了重罪法庭的最后一个庭期,该庭期预定于六月审结终了。开庭的第一天,同样是阳光普照的好天气。我的律师向我保证,辩论的过程不会超过两或三天。"而且,"他继续道:"您的案子不是这个庭期最重要的,紧接着后头还有一件弑父案,所以法庭会尽量速战速决。"

早上七点半，我被送上囚车，载到法院。两个法警把我带到一个小房间，里头有股阴暗的气息。我们坐在门边等待，门后传来人声、叫唤声、椅子搬动的声音和阵阵嘈杂声，令我想起小区里办的节庆活动，当音乐表演一结束，人们会将场地重新整理，空出地方跳舞。警察告诉我在开庭前还得等上一段时间，其中一个还递了支烟给我，我婉拒了。不一会儿，他又问我会不会"怯场"。我答说不会，不仅不会，反而对亲眼目睹案件受审的过程很感兴趣。我一生中还没有这样的机会。"的确，"另一个警察说道："开始是这样没错，但要不了多久，这就会令人厌烦。"

过了一阵子，房间里响起铃声，他们于是将我的手铐取下，打开门领着我走进被告席。法庭里满是群众。尽管放下了帘子，阳光还是从四面八方透进来，在紧闭的窗户里，闷热的空气教人窒息。我坐了下来，法警则站在我的两边看守。这时我看见对面一排好奇的面孔，一双双眼睛全盯着我瞧，我明白他们就是陪审员。我说不出他们之间有什么不同，只觉眼前是排普通的电车乘客，正仔细观察刚上车的人，看看有没有什么滑稽可笑的地方。我很清楚这个想法多愚蠢，因为在这里他们试图找的不是什么笑柄，而是罪行。不过当中的差异并不太大，总之这是我自然而然产生的一个联想。

挤在密闭空间里的人群也让我有点慌乱失措。我再次环顾庭内的每个人，却找不到一张熟面孔。我一开始没意识到，他们其实全是冲着我来的。我一向不是个受到瞩目的人，因而费了点工夫，才明白过来我是这场骚动的核心。我向法警说："来了好多人啊！"他告诉我是因为报纸报道的缘故，并指了指坐在陪审团席下方的一群人。"就是他们了。"他说。我问道："他们是谁？"他又重复了一遍："报社记者。"这时他与自己认识的其中一个打了招呼，对方随即朝我们走来，他看起来上了年纪，面貌有些狰狞，但不失亲和。他与法警热情地握手。同时，我注意到大家都在互相行礼，聚集交谈，就像在俱乐部里，同一个圈子里的人再度聚首那样融洽。我怪异地感到自己是多余的，仿佛一个误闯进来的入侵者。只有那位记者微笑着对我说话，希望我的案子能有好的结果。我对他表示感谢，他又接着说："您知道的，我们为您的案子增加了篇幅。夏天是报业的淡季，最近只有您和弑父案比较值得报道。"他说完指着自己坐的媒体区，有个矮小男子，长得像被饲主养胖的鼬鼠，戴着一副又大又圆的黑框眼镜。他说那人是巴黎某报社特派员:"他其实不是专程为您而来,不过既然他得负责弑父案的报道,报社那边便要求他一并处理。"听完,我又差点想谢谢他,还好及时想起那会有多荒谬。他以一个礼貌的手势向我道别后,就回到原来的位子去。我们继续干等了几分钟。

这时我的律师出现了,他穿着律师袍,由许多同僚簇拥着。他先往媒体席走去,跟记者握手寒暄。双方谈笑风生,看起来似乎相当轻松自在,直到铃声响彻法庭,所有人才赶回座位。我的律师走过来,与我握手致意,并建议我尽量简短地回答问题,不要主动表示意见,其余的只要相信他,交给他处理即可。

我从左边听见椅子往后拉的声音,转头看见一名高瘦的男子,戴着夹鼻眼镜,坐下时一边把身上穿的红袍细心地折叠好。我知道他是检察官。执达员宣布法官入场,两架大电风扇开始发出马达运转的嗡嗡声。接着就来了三名法官,两个穿着黑袍、一个穿着红袍,带着卷宗快步朝俯瞰全场的法官席走去。红袍法官在中间的椅子上坐下,取下帽子摆在面前,拿手帕擦拭他的小秃顶,然后宣布开庭。记者们已经个个手握笔杆准备记录,清一色面带无所谓和有些嘲讽的表情,除了一个身穿灰色法兰绒西装、搭配蓝领带、看起来相当年轻的记者。他没有拿起放在面前的笔,只是盯着我看。在他略微不对称的脸上,我只看到他一双清澈的眼睛,专注地打量我,不表露出一点可供猜测的心思。不仅如此,还让我有种凝视着我的正是我自己的奇异错觉。也许是因为这样,还有就是我对庭讯的惯例没有概念,所以不太懂接下去进行的所有程序,包括陪审团抽签,审判长向律师、检察官和陪审团提问(每问一次,陪审团成员都同时转头朝法官席望去),对所控罪状的快速朗读(当中我听见了熟悉的地名和人名),以及对律师的再次提问。

审判长接着宣布将进行证人的传唤。执达员念出的人名引起我的注意。从刚才看来朦胧、完全陌生的群众脸孔中,我看到了养老院的院长和门房、老汤玛·菲赫兹、雷蒙、马颂、萨拉曼诺和玛莉,她朝我有些不安地挥了挥手。他们听到传唤一一起身离开旁听席,然后从侧边的门消失。我还正讶异着没有更早认出他们,最后一个证人赛勒斯特站了起来。我发现他旁边坐着曾经在餐厅里跟我同桌的娇小女人,依旧穿着那件合身外套,态度一样那么明确、果决。她目不转睛看着我,不过我没时间停下来思考，因为审判长又发言了。他说答辩即将正式开始，不需特别强调，在场旁听的群众应懂得保持肃静的道理。他表示自己的角色是以客观的角度审视本案，并公正地引导案件辩论的进行。他将秉持司法公平正义的精神看待陪审团所做出的判决，而一旦有任何事端发生，都将勒令休庭清场。

室内温度越来越高，在场人员纷纷拿起报纸搧风，发出连续不断的翻纸声。审判长比了个手势，执达员立即取来三把麦秆编织的扇子，给三位法官使用。

接下来马上开始对我的诘问。审判长以平静、几乎带着些微友好的语气向我提问。我再度被要求自报身份，虽然极其厌烦，我还是打从心底觉得这很正常，因为审错人可就严重了。接着，审判长重复我叙述过的事情经过，每三句就停下来问我："是这样吗？"每一次我都按照律师的指示回答："是的，审判长先生。"由于审判长相当注重细节，整个过程颇为冗长，一旁的记者群边听边埋头奋笔疾书。我感觉那个年轻记者和举止如机器般的女子目光停在我身上。电车乘客此时整排都转而面向审判长。审判长干咳了几声，翻阅手上的卷宗，然后边搧扇子边认真地望着我。

他说他现在必须进行的提问，表面上与我的案子毫不相干，但实际上可能具有莫大的关联性。我猜到他又要提起妈妈的事，同时感到自己对这一点有多么不耐烦。他问我为什么将妈妈送进养老院。我回答那是因为我没有足够的钱请人照护和治疗她。他问我与妈妈分隔两地，在感情上对我有没有影响。我回答自己和妈妈对彼此，甚或对其他任何人，均无所欲求，而且我们都很习惯各自拥有的新生活。审判长于是表示不愿继续着重在这一点上，并询问检察官是否有其他问题。

检察官半背对着我，没有看我一眼，说明在审判长的同意下，他想知道我是否怀着杀害阿拉伯人的念头，独自一人回到流水边。"不是。"我回答道。"既然如此，为什么会带着枪，又为什么会刚好回到那个地点？"我说那只是巧合。检察官听完以不怀好意的语气做出结论："我暂时没有其他问题了。"之后的事有些令人摸不着头绪，至少我是这么觉得。但在一阵讨论交涉后，审判长宣布上午的庭讯告一段落，延至下午听取证人的证词。

我来不及思考，随即被带离法院，送上囚车回到监狱。吃过午饭没多久，就在我刚刚感觉到疲倦的时候，押解的人员就出现了；一切重新来过，我回到同样的法庭，面对同样的脸孔。不同的只有变本加厉飙高的温度，奇迹似地，每位陪审员、检察官、我的律师和几名记者都拿到了一把麦秆扇。那个年轻记者和娇小女子也没缺席，但他们不动手搧风，仍旧是不发一语地望着我。

我擦掉脸上遍布的汗水，闷热让我忘了自己身在何方、所为何来，一直到听见传唤养老院院长上庭作证，这才回过神来。他首先被问到妈妈是否对我有所埋怨，他点头称是，但解释埋怨亲人有点算是院友们的习惯。审判长请他说明她是否责怪我把她送进养老院，院长再次给了肯定的答复；然而这一次，他没再多说什么。回答另一个问题时，他说自己对我葬礼那天的冷静感到讶异。他接着被问到他所谓的冷静是什么意思。院长听完问题，低头看着自己的鞋尖，然后说我不愿意看一眼妈妈的遗容，也没有流下一滴眼泪；葬礼结束就马上离开，没有留在墓前悼念。还有一件事令他感到惊讶：有个葬仪社的员工告诉他，我不知道妈妈的岁数。话一说完现场沉寂片刻，审判长继续问他是否确定自己谈论的是我本人。由于院长一时之间听不懂这个问题的用意,审判长告诉他:"这是法律规定的制式问题,请如实回答。"接下来审判长问检察官是否想问证人其他问题,检察官高声回道:"噢,不必了,这些已经够了。"并得意洋洋地朝我的方向望过来。这许多年来第一次,我突然有一股想哭的愚蠢冲动,因为我深深地感觉到,眼前这些人有多么厌恶我。

在征询过陪审团和我的律师有无其他问题后,审判长聆听的是门房的证词。不管是他还是其他证人上庭,法律规定的制式流程总是一再重演。抵达证人席时,门房看了我一眼然后撇过头去,避开我的目光。紧接着他一一回答了诘问。他说我不想看妈妈最后一眼,抽了烟,在守灵时睡着了,并且喝了牛奶咖啡。语毕,我感觉庭内起了一阵骚动,然后我第一次明白自己是有罪的。门房被要求厘清喝牛奶咖啡和抽烟的经过。检察官转头瞧着我,目光中闪现一丝嘲讽。这时,我的律师问门房是否跟着我一起抽了烟,检察官立即激动地起身,对问题提出异议:"试问在这个法庭内谁才是罪犯?难道无所不用其极把证人拖下水,就能降低其陈述铁证如山的效力?"虽然如此,审判长还是请门房回答问题。老人家一脸尴尬地说:"我知道这是我的不对,可先生请我抽烟,我不好拒绝。"最后,审判长询问我有没有什么要补充。"没有,"我回答道:"不过证人说的对。烟的确是我请他抽的。"门房听了有点诧异地望着我,眼神中怀着感激之情。他犹豫半晌,开口说喝牛奶咖啡是他提议的。我的律师像是突然占了上风,大声告知陪审团会将他的陈述列入考虑。然而检察官却暴跳起来朝我们头上怒斥:"没错,陪审团会将之列入考虑,得到的结论会是陌生人可以送上咖啡,但为人儿女,在孕育自己生命的遗体面前,却应该加以拒绝。"诘问结束,门房回到了旁听席的座位上。

轮到老汤玛·菲赫兹时,他必须在执达员的搀扶下才能走到证人席。菲赫兹说他所熟识的主要是我妈妈,我本人他只在葬礼那天见过一次。接下来他被询问到我当天的行为举止,他回道:"您了解吗?我太过伤心,什么也没注意到。这份伤痛蒙蔽了我的双眼,由于对我而言失去挚友实在悲痛难当,我甚至昏厥过去。所以,我没来得及多看这位先生一眼。"检察官问他是否至少曾看到我哭泣。菲赫兹回答没有。检察官于是表示:"陪审团会列入考虑的。"但这回轮到我的律师动怒了,他以在我看来过于夸张的语气追问菲赫兹:"能否确定看见我没有掉一滴眼泪?"菲赫兹说:"不能。"旁听席传来一阵笑声。律师卷起一只袖子,断然道:"这可以说是本次诉讼的最佳批注。所闻尽是模棱两可的主张,无助于厘清真相!"检察官对这番话没有反应,只是拿铅笔轻敲卷宗夹。

审理暂停了五分钟,律师趁空档告诉我案情颇为乐观,之后是赛勒斯特以辩方证人的身份出庭应讯。辩方,那指的正是我。赛勒斯特不时朝我这边投来目光,手里搓着一顶巴拿马草帽。他穿着一套自己很爱惜的服装,有时星期天他会穿着它跟我一起上赛马场。不过我想他没能把领子立上去,因为衬衫领口只用了一颗铜扣扣紧。他被问到我是不是他的顾客,他回答:"是的,也是我的朋友。"接着庭上又询问他对我的看法,他说我是个男子汉;被问到这个用词所谓何意时,他表示大家都知道那是什么意思;问他是否认为我是个性格内向的人,他只承认我不会为了表达无用的意见而多费唇舌。检察官询问我是否按时结清餐费,赛勒斯特笑着说:"这是我们之间的小细节,不足为外人道。"他又被问到对我所犯罪行的看法。他双手抓着证人席的栏杆,看得出事先已准备过该如何回话。"在我看来,这是厄运造成的结果。大家都知道大祸临头是怎么一回事,那会让人毫无招架之力。而对我来说这件事也是这样,就是厄运当头的结果。"他本想继续发表意见,但审判长打断他,说他的意思已经清楚传达,并感谢他出庭作证。赛勒斯特听了有些错愕,随即又表示希望能再说几句话。庭上便请他简短扼要地说明。他重复说着那是厄运使然,审判长对他说:"好的,我们知道了,不过审理这类厄运带来的悲剧正是我们的工作。谢谢您的证词。"仿佛已经竭尽所能为我尽了最大道义,赛勒斯特转头望着我,我感觉他的双眼湿润发亮,嘴唇颤抖。他看起来像是在询问是否还能为我做些什么。我一语不发,没有任何动作,但生来头一遭,我有了想亲吻一个男人的念头。审判长再度催促他离开证人席,赛勒斯特无可奈何,只得回到旁听席的座位。接下去的庭讯过程中,他没有离开,留在旁听席;上身往前倾,手肘搁在膝盖上,双手一直握着那顶巴拿马草帽,仔细地聆听所有的诘问内容。之后轮到玛莉进入证人席。她戴着一顶帽子,看起来还是那么美,但是我比较喜欢她头发自然放下来的样子。我在座位上远远地想象她胸部轻盈的触感,还有那令人怀念的、略撅的下唇。她看起来很紧张。还来不及稍作镇定,她已经被问到是何时结识我的。她表示自己曾经是我们办公室的职员。审判长想知道她跟我的关系,她回说是我的朋友。回答另一个问题时,她又承认自己准备要嫁给我。正在翻阅卷宗的检察官,突然问她我们的"关系"是何时开始的。她回答了确切的日期。检察官以冷漠的语气指出,那天正是妈妈葬礼后的隔天。接着他语带讥讽地说不愿在这敏感的话题上多作文章,他完全理解玛莉的顾忌,然而(这话说出口的同时,他的语气也一并变得强硬)善尽职责的重要性更在世俗礼仪之上,他别无选择。于是,他请玛莉简要地叙述我俩发生关系那天的经过。玛莉原本不想说,但在检察官的坚持下,她还是描述了海水浴场、电影约会和散场后到我家过夜的始末。检察官表示听过玛莉在预审的证词以后,他参阅了这一天电影院的场次表,并回过头来请玛莉说出电影片名。她以近乎空洞的声音说,那是部费尔南德尔的片子。话一说完,全场鸦雀无声。检察官紧接着站起身,一脸沉重,以让我感觉到他发自内心的激动口气,指着我缓缓地说:"陪审团先生们,母亲下葬后第二天,这个男人到海边戏水,开始一段新的男女关系,而且还在放映喜剧片的电影院里哈哈大笑。其他的,我想我不需要多说了。"他重新坐下,仍旧保持沉默。忽然,玛莉崩溃啜泣,边哭边说事情不是这样,她还有其他事没机会说出来;检察官强迫她说了跟自己想法完全相反的话,她很清楚我的为人,我没有做错事。可是执达员在审判长的指挥下,把她带离了证人席。庭讯又继续进行下去。

下一个证人是马颂，似乎已经不太有人留意他的证词。他说我是个老实人，"而且还不止呢，可说是个勇敢的男子汉"。萨拉曼诺的情况也大致相同。他说我很关心他的狗。回答关于我母亲的问题时，他说我和妈妈已经无话可说，我才会把她送到养老院。"大家要懂得体谅，"萨拉曼诺又说："要懂得体谅。"可是没有人脸上出现体谅的表情。他就这样被带离证人席。

终于轮到了雷蒙，他是最后一名证人。他微微向我挥手致意，一开口就说我是无辜的。但审判长表示庭上需要的不是他的意见或判断，而是对事实的陈述，并请他针对提问来作答。首先他被要求说明与被害者的关系。雷蒙趁机强调后者怨恨的是他，因为他殴打了死者的妹妹。审判长接着询问被害者是否真的没有怨恨我的理由。雷蒙说我会出现在沙滩上，只是巧合造成的结果。检察官于是问他为什么成为悲剧导火线的那封信，会是出自我的手笔。雷蒙说那也是巧合。检察官加以驳斥，表示整起事件中巧合酿成的莫大罪行已是天理难容。他想知道当雷蒙殴打情妇时我没有介入调解，是否纯属巧合；我到警察局作证是否也是个巧合；我的笔录中出现一味偏袒单方面的陈述，又是不是单纯的巧合。最后，他问雷蒙以何种行业维生；当后者回答"仓库管理员"时,检察官却向陪审团表明证人以拉皮条为业,是件众所周知的事实,而我正是他的共犯兼好友。这是一桩极其下流的惨剧,由于被告的道德观异于常人,使其罪行更加令人发指。雷蒙想为自己辩解,我的律师也起身抗议,然而却被告知必须先让检察官做完陈述。后者说:"我只剩下一点需要补充。他是您的朋友吗?"他向雷蒙问道。"对,"雷蒙答道:"他是我的好哥儿们。"检察官又向我提出同样的问题,我朝雷蒙望去,他没有避开我的目光。我回答:"对。"检察官转头向陪审团宣告:"这个男人不仅在母亲下葬后第二天就不知羞愧地放浪形骸、尽情享乐,更为了微不足道的理由和一件伤风败俗的卑劣勾当,冷血地犯下了杀人的罪行。各位,被告就是这样一个人。"

语毕,检察官坐回位子上,同时我的律师再也耐不住性子,抬高双臂大声高呼,让原本卷起的袖子又掉了下来,露出浆过的衬衫折痕:"请问,被告犯的罪究竟是杀人,还是埋葬了自己的母亲?"庭内响起一阵笑声。可是检察官再次站了起来,披上袍子说可敬的辩方律师应该是过于天真,因而未能察觉到两者之间有着深刻、令人悲叹和本质上的重大关联。"没错,"他热烈地喊道:"我控诉这个男人带着一颗罪犯的心埋葬了母亲。"这个结论似乎对法庭里的群众起了不同凡响的作用。我的律师无奈地耸耸肩,拭去额头上的汗水。但他脸上之前的乐观已不复存在,我明白对我而言大势已去。

审判长宣布闭庭。步出法院登上囚车前的那一刻,我短暂地感受到夏夜的气味和颜色。坐在黑暗的监狱里,这座我钟爱的城市独有的声音,以及专属于这个我格外喜爱的时刻的声音,在我疲惫的脑海中回荡。渐趋慵懒的空气里报童的叫卖声,广场中最后的鸟鸣,三明治贩子招揽客人的吆喝,电车经过城市高处拐角发出的尖响,夜晚降临前港口上空的喧嚣,这一切在我心里重组成一趟看不见的旅程,让我在回到监狱前重温一遍。是的,这便是许久以前,教我心情愉悦的黄昏时分。当时等待着我的是轻飘飘的无梦夜晚。现在事情有了转变,明日来临之前,我安身休憩的地方变成了牢房。夏季傍晚的熟悉路径,既能通往一场好梦,也能通往一间牢房。

4

　　就算是坐在被告席上，听到别人谈论自己仍然是件有趣的事。在检察官和律师的攻防中，有许多针对我个人的讨论，甚至比针对罪行的讨论还多。不过，双方的主张是否真有很大的差异？律师高举手臂说有罪，但情有可原，要求减刑；检察官挥舞着双手，也说有罪，且罪不可赦，不应减刑。有件事隐约地让我感到为难。即便是在专注于案情的状况下，有时我会有股想加入表达意见的冲动，律师总是告诉我："别说话，那对您的案子没有好处。"某种程度上，他们像是把我排除在外进行诉讼。所有的过程都没有我参与的余地。我的命运就这样被他人决定,没有人问过我的看法。偶尔我会想打断所有人说:"拜托!到底谁才是被告?被控杀人是件很重大的事,而我自己有话要说。"但略作思考以后,我发现自己其实没什么好说的。此外,我必须承认,每个人专心听别人说话的兴致都只有三分钟热度。例如,检察官的辩论很快就令我感到厌倦。只有某些片段、手势或一段完整的论述,而非其整体,会教我震惊或引起我的兴趣。

他的论述依据,如果我的理解没错的话,是我预谋杀人。至少,这是他试图证明的。正如他自己所言:"我会证明这一点的,陪审团先生们,而且我会从两方面来论证。首先是再明显不过的犯罪事实,其次是从罪犯的心理状态所呈现出的黑暗面。"他扼要地叙述了从妈妈葬礼开始的一连串事件,再次提起我的无动于衷,对妈妈年纪的一无所知,第二天的海边戏水,与女人约会,电影,费尔南德尔以及最后带玛莉回家过夜。这时我花了点时间才听懂他的话,因为他用了"情妇"这个词,而对我来说,她只是玛莉。接着他谈到雷蒙事件的来龙去脉。我发现他看待事情的方式颇为有条不紊,他的说法听起来也算言之成理。他的推论是,我跟雷蒙串通写了那封信,好引来他的情妇,让她遭受到一个"道德品行大为可疑"的男子虐待。我在沙滩上向雷蒙的两个对头挑衅,结果害他受伤。我趁机向他要来手枪,然后独自一人回到案发地点报复。我一如心中预谋的那样射了阿拉伯人一枪,等了几秒钟后,"为了以防万一",又连续开了四枪,沉着地,毫不犹豫地,可以说是经过思考后做出的举动。

"到这里为止,先生们,"检察官说道:"我在你们面前分析了导致被告在完全理智的情况下,杀害了死者的一连串事件。我想特别强调这一点,因为这不是一般的谋杀案件,不是那类出于冲动鲁莽所犯下、各位可以酌情减轻其刑的罪行。被告是个受过良好教育的聪明人。你们听到了他的证词,不是吗?他知道该如何回答问题,他懂得字句的含义,而我们看不出他犯下罪行时不知道自己在做什么。"听到这里,我知道自己被评断为聪明而有理性;我不太了解的是,为何在一个普通人身上被视为优点的特质,会成为对罪犯不利的决定性证据。光是这一点已教我震惊,因而没能专心聆听检察官之后的论辩,直到我听见他说:"他是否曾对犯行表示出一点悔意?从来没有,先生们。审讯过程中,这个人没有一次为自己不可饶恕的重罪感到懊恼。"这时他转向被告席,边指着我边继续严词控诉,即使实际上我不太懂为什么他对这一点如此执著。我也许无法否认他说得有理,我对自己的行为,确实不怎么后悔。但如此猛烈的人身攻击,还是完全出乎我意料。我也想试着诚心地,甚至友善地向他解释,自己从来没能真正对任何事物后悔过。一直以来,我总是专注于眼前,像是今天或明天即将到来的一切,无暇顾及过往。当然,以我现下的处境,我无法跟任何人以这种语气说话。我失去了表达情感、拥有善意的权利。我试着往下听,因为检察官此时正准备探讨我的灵魂。

他说自己曾就近观察,但没有任何发现;事实上,我没有所谓灵魂,没有一点人性,没有任何维系人心的道义准则能让我有所共鸣。"或许,"他解释道:"这不能怪他。我们不能埋怨他没有自己无法拥有的东西。但是在法庭上,我们必须舍弃宽容这种消极的美德,以或许有失人情,却更为崇高的公平正义来取代;尤其是当我们发现,像被告这样摒除一切普世价值的匮乏心灵对社会造成了危害,更应如此。"他接着谈到我对待妈妈的态度,并重申他在诘问时表达过的观点。但这次花的时间,比起分析我的犯行时长了许多,以至于到后来,我只感觉到炎热早晨的高温在我身上发酵。直到检察官忽然稍作停顿,我才回过神来。

他沉默片刻后，以低沉、浑厚的声音说道："各位陪审员，明天在这同一个法庭上即将审理的，是千夫所指的重罪：谋杀亲父。"据检察官所言，其罪行之凶残是超乎想象的，他并且坦言寄望法庭能毫不留情地予以严惩。然而他也必须承认，弑父罪令他感到的丑恶与可憎，几乎比不上我的无动于衷所带给他的震撼。他说，一个在精神上杀害母亲的人，和双手染上至亲鲜血的人，一样为社会所不容，因为前者种的因可能导致后者结的果。他仿佛在发表某种预言，且极力加以辩证："我深信，先生们，"他提高嗓音继续道："当我说今天坐在被告席的这名男子，得一并为明天同一个法庭审讯的谋杀案负责，你们不会认为我言过其实。因此，他必须受到应有的惩罚。"说到这里，检察官伸手擦拭满脸晶亮的汗水，接着表示这是份沉重而痛苦的职责，但必定会坚决地执行到底。他认为既然我跟这个社会完全脱节，连其基本规范都不认同，便不该在无视于人心与生俱来情感的前提下，还央求自己的罪行受到宽恕与怜悯。"我请求以极刑作为处分，"他说："而且我心中坦然，没有懊悔。尽管在我漫长的职业生涯中，难免面临将嫌犯求处死刑的时刻，这艰难的职责也从未像今天那样令我觉得适得其所。在眼前这张泯灭人性的脸孔所带给我的憎恶，以及舍我其谁、神圣不可侵犯的良心驱使下，我的信念从未如此坚定。"

当检察官回座后，取而代之的是一阵颇长的静默。我自己在炎热和震惊的交相荼毒下，只感到呆滞和错愕。审判长干咳了几下，低声问我是否有话要补充。我站起身来，由于想发表意见的欲望一时获得疏解，我脱口说出自己并非蓄意杀害阿拉伯人。审判长回说会将这段陈述列入考虑，并表示截至目前，他摸不清我方的辩护论述架构，希望在律师结辩之前，能先请我针对犯罪动机做出说明。我回答说，那全是太阳惹的祸；因为急着回话，口中的字句糊在了一块儿，加上自己也觉得这个理由荒谬透顶，更显得慌乱失措。旁听席传出了笑声，我的律师无奈地耸耸肩，之后随即轮到他发言。不过他却说时间已晚，要求延至午后继续。审判长应允了。

当天下午，大电风扇依旧翻搅着法庭里厚重的空气，陪审员们手里的彩色扇子全部朝着同一方向摇动。律师的结辩陈述似乎永远没有尽头。然而谈到其中某一段时，倒是引起了我的注意，因为他说："的确，我杀了人。"接着他又以同样的语气继续，亦即当他提到我时，使用了第一人称。我感到相当惊讶，忍不住向其中一个法警询问是怎么回事。他起先要我别作声,过了一会儿他才回道:"每个律师都来这一套。"我认为这种行为是再一次将我排除在自己的案件之外,把我的存在降为零,还有从某种层面上,取代我的地位。不过,我觉得自己也已经完全从法庭沉闷的辩论中抽离。不仅如此,律师的陈述在我看来荒谬至极。他在预谋犯罪上的辩护只是匆匆带过,然后跟检察官一样,谈到我的灵魂。但比起后者,他在这方面的才华似乎逊色多了。"我也曾就近观察这个灵魂,得到的结果与这位杰出的检察署代表恰恰相反。我不费吹灰之力,便发现了被告的众多人格特质。"他说我是个善良正直的人,出勤规律未曾倦怠,忠于所属公司,受到所有人喜爱,并同情他人苦难。在他口中,我在能力允许的范围内,尽可能地奉养自己的母亲,是为人子女的楷模。毕竟,我只是希望在养老院里,年迈的亲人能够获得自己经济条件所无法提供的照料。"陪审团先生们,我很震惊本案中与养老院的相关诘问引起了这么大的骚动。因为归根究底,资助这些机构营运的,不正是我们的国家吗?这足以证明它们存在的莫大功用和必要性。"可是,他对葬礼这一环只字未提,我觉得这是他的辩护中明显的缺漏,但我已无心顾及;这些长串堆栈的词句、连日来的庭讯和不断在我的灵魂上打转的疲劳轰炸,让我感到一切就像滩浑浊乏味的死水,我晕头转向。

最后,我只记得当我的律师还在滔滔不绝时,冰淇淋小贩喇叭声从路上穿透门窗,进入法庭传到我耳里。我脑海中不停涌现那些不再属于我的日子,当中有我最微不足道和最根深蒂固的欢乐回忆:夏天的味道,我所喜欢的小区,某个夜晚的天空,玛莉的笑声和连衣裙。困在这里的无用武之地和束手无策,顿时哽住我的喉头,我心中只剩一个急切的渴望——教辩论立刻终了,好让我能回到牢房倒头就睡。终于,我的律师在结尾大声疾呼,陪审团不会乐见一个老实的公司雇员,因为一时失常而被处死,并要求酌情从轻量刑,因为我将终生遭受良心谴责,而那才是最严厉的惩罚。庭讯终止,律师精疲力竭地坐回椅子上。他的同僚们过来和他握手致意。我听到:"太精彩了,老兄。"其中一个甚至还寻求我的附和:"对吧?"我虽然点头赞同,但这客套的恭维没有多大说服力,我真的太累了。

时间已近黄昏,室内也不再热气沸腾。透过路上传进来的声音,我想象夜晚的轻柔。我们全都留在法庭等待,而大家引颈企盼的结果只关乎我一个人。我再次环顾法庭,看起来跟第一天一样，没有任何改变。扫视中，我的目光与穿灰色西装的记者和机器般举止的女子短暂交会。这让我想起整个诉讼过程中，我没有去看玛莉一眼。并非我忘了她的存在，而是我脑袋里太忙乱。我看到她坐在赛勒斯特和雷蒙中间。她朝我微微招手，像是在说"终于等到了这一刻"，略带焦虑的脸庞对我微笑着。但我觉得整颗心像是封闭了起来，甚至没能响应她的笑容。

三位法官重新回到庭上。很快地，有人向陪审团朗诵了一连串问题。我听见"谋杀罪"……"预谋"……"酌情从轻量刑"几个字眼。接着陪审团步出了法庭，我又被带回等待开庭时去过的小房间。我的律师过来看我，一开口便说个不停，而且他以往跟我说话时，从未表现出同等的自信和热忱。他认为事情很顺利，我只消在监狱待上个几年就能脱身。我问他若审判结果对我不利，是否有可能撤销原判，他的回答是否定的。他当初的策略是尽量不提呈当事人的意见，以免引起陪审团的反感；并解释说已经成立的判决不可能无缘无故撤销。这听起来理所当然，我也愿意接受他的逻辑。若是冷静地看待整件事，这其实再正常不过。要不然，每个判决都会是一张废纸，诉讼案件永远没完没了。"无论如何，"律师说："您还是有权上诉。不过我相信结果会是有利的。"

我们等了很长一段时间,将近四十五分钟左右,然后铃声响起。我的律师道:"陪审团主席即将宣读结论。您得等到宣判时才能进到法庭。"说完他便离开。我听到开关门还有上下楼梯的声音,但分不清他们是近还是远。接着,庭内传来低沉的朗读声。当铃声再度响起,我重新步入被告席,整个法庭的静默淹没了我。在这静默当中,我心中涌起一股古怪感受,因为那名年轻记者避开了我的目光。我没有朝玛莉的方向看。我无暇多做这样的举动,因为审判长正用一长段拗口生硬的语句,告诉我将以法兰西国民之名,将我处以在广场上斩首示众。这一瞬间,我仿佛读懂了现场每一张脸上的表情。我想那该是种带有敬意的同情。法警对我相当客气。律师拍拍我的手背以示安慰。我脑中再没有任何想法,审判长却问我是否还有话想说。我思考了一下,回答说:"没有。"于是,我就被带离法庭。

5

我拒绝见监狱牧师,已经是第三次了。我没有话可对他说,也没有一点交谈的兴致,反正再过不久我就会见到他了。此时我感兴趣的,是逃过整个运作机制,找出这无法抗拒的结局是否还有回旋的余地。我被换到另一间牢房,躺下来能看到天空,我也一直盯着它不放。我观察它脸上色彩的隐退变化,看着白日过渡到黑夜,每天就这样度过。我枕着双手仰卧,静静等待。不知道有多少次,我在脑海中搜寻例子,有哪个死刑犯逃出虎口,在行刑前消失,或是突破警戒线脱身的?然后,我不禁责怪自己对这些行刑记录未曾多加留意。关心这些事情绝对有其必要性。人永远不知道未来会发生什么。我像所有人一样读过报纸上的报道，不过坊间一定另有些专题著作，只是我以前从未有足够的好奇心去翻看。要是看了，也许便能从中找到关于越狱的描述，我就会知道命运的巨轮至少有过停摆的案例；在这无可逆转的既定安排下，有那么一次，偶然和机遇曾经带来了改变。仅仅一次也好！某种程度上，我相信那对我便已足够，其余的我会自己想象。报纸上经常提起罪犯对社会有所亏欠，据他们所言，这笔债必须偿还，但这对想象力起不了作用。只要有一个逃亡的可能性，有机会跳脱无法避免的行刑仪式，朝开启无限可能的希望狂奔，那才是最重要的。当然，所谓的希望，不过是逃跑途中，在街角被飞来的子弹击倒。然而，尽管思考得再周详，没有任何环节容许这小小的奢望，一切都事与愿违，法网恢恢将我禁锢。

虽然我竭力理解，还是无法接受这种蛮横的结果。说到底，在奠定这个结果的判决和宣判后不可动摇的执行过程间，存在着荒谬与失衡。像是判决宣读的时间是在晚间八点而非下午五点、裁定的结果有可能完全不同、做出判决的是些经常更换衬衣的人,还有名义上代表的是法国国民(而非德国或中国)这样不精确的概念……这些变量,大大降低了决定本身的严肃性。可是我却得被迫接受,从判决确定的那一刻起,其效力是如此明确,如此严正,就像我身后紧靠着的这堵墙那般,丝毫不容改变。

当这些想法充斥脑海时,我就会想起妈妈讲过一个有关我父亲的故事。我从来没见过他,关于他最清晰的印象也许就是妈妈告诉我的这件事:他去看了某个杀人犯的处决。尽管光是动了这个念头已教他浑身不舒服,他还是勉强去了,结果回来呕吐了整个上午。可想而知,我父亲让我有点倒胃口,但是现在我能理解那是多么自然的事。我以前居然不懂,没有什么会比看死刑犯处决更重要,毕竟对一个人来说,那是唯一真正有趣的事!假如我有幸出狱,我一定会去看每一场处决。这么想显然很蠢,毕竟哪有这种可能呢。只是一想到某天早晨,我可以自由地站在警察防线的另一端,或是以观众的身份来看行刑,接着回家呕吐,兴奋之情就无可遏抑地涌上心头。不过这并非明智之举,放任自己沉浸在这些空想中无疑是种错误,才过一会儿我就冷得蜷缩在毛毯里,牙齿忍不住直打战,没法停下来。

话说回来，人是不可能永远那么理智的。比如有一次，我幻想草拟法律条文，大肆改革刑罚。我发现重点在于给犯人一个机会，就算是千分之一的几率也已足够。在这个前提下，我觉得可以研发一种化学配方，服用之后可以十之八九杀死受刑者（我设想的是"受刑者"），先决条件是他事前知情。因为仔细、冷静地思考下来，我注意到铡刀有个缺点，就是完全没得侥幸，一个都不放过。无论如何，受刑的人是百分之百死定了。就像事情业已告一段落，大势已定；正如谈妥的协议，不可能再走回头路。若是鬼使神差地铡刀没能一次解决人犯，顶多就是重来一遍。到头来，犯人反倒该祈求机关运作别出任何状况。我说这是个缺点，单从这方面看的确是。但在另一个角度上，我必须承认整个安排计算的巧妙尽系于此。总而言之，犯人即便是心理上也得乖乖合作。一切能顺利进行没有意外，对他才是最有利的。

此外我还发现，直到现在我在死刑的执行上还有着错误的印象。我一直以为——而且不知道为什么——要走到铡刀之前，得先经由阶梯爬上断头台。我想应该是因为一七八九年大革命的缘故，也就是学校教的或给我们看的图片里，呈现的都是那样的场景。然而有天早上,我突然记起有场相当轰动的处决,报纸上刊登过照片。事实上,刑具是直接摆在地上。那是天底下最简单的装置,而且它比我想象中还来得窄。我奇怪自己居然没早点觉察到。照片上的机关看起来做工精良、完善、闪闪发亮,使我大为叹服。人对自己不了解的事物,总是会衍生出过于夸张的印象。事实却恰恰相反,行刑的安排一点都不复杂,刑具和受刑人是位于同一个水平面,走过去就像迎向另一个人那样。这也教人懊恼。登上断头台感觉仿佛升上天堂,赋予人一个具有安慰作用的想象。现有的行刑机制却破坏了这一切,人犯变成是含着耻辱,在严密安排下被审慎而精确地处决。

我一直在思考的还有两件事:黎明和上诉。不过我尽量控制自己不再去想,躺下仰望天空,强迫自己专注。当天色由蓝转绿时,我知道夜晚即将来临。另外,我也聆听自己的心跳声,来转移我的思绪。我不能想象这个一直伴着我的声音会有终止的一天。想象力向来就不是我的强项,但我仍旧尝试模拟心跳声不再回荡于脑际的那一刻。然而无论多么努力也是徒然,黎明或是上诉的问题总是挥之不去。最后我决定,不去勉强自己才是明智之举。

死刑犯一向是在黎明时分被押赴刑场,这我早知道。于是,我每晚都在等待这个黎明的到来。我从来不喜欢意外,当有事情发生时,我希望自己是准备好的。这便是为什么我每天只在白天小睡一会儿,整夜耐心守候,直至曙光从苍穹显现。漫漫长夜里最难熬的,是那段我预估他们通常执行押送的时刻。一过午夜,我便开始戒备等待。我的双耳从未听见这么多微弱的声音,又能一一分辨得那样清楚。而且,从某方面我可以说自己运气很好,我还从来没有听到过脚步声。妈妈常说祸福相依,世上没有全然不幸的人。当天空染上颜色,崭新一天的日光流泄进我的牢房时,我完全赞同她的说法;因为我也可能听见脚步声,然后心脏吓得蹦出来。尽管稍有一点风吹草动,我便不由自主地冲到门边,惊惶地将耳朵贴在木门上,直到听见自己的呼吸,嘶哑一如老狗的喘息,惹得我自己心生害怕。但只要最后我的心脏还完好如初,知道自己的生命又可延长二十四小时,便能感到欣慰。

白天时,我转而思考上诉的问题,并从中获益良多。我盘算各种可能,且在深思熟虑中获得最大的慰藉。我总是假设最坏的结果:上诉遭到驳回。"所以,我必死无疑。"但很显然,只是比其他人早一些。所有人都知道,人生并不值得走那么一遭。实际上,一个人是死于三十岁或七十岁并不十分重要,因为无论如何,自然有其他男男女女会继续活下去,而且活上千千万万年。总之,没有什么能比这一点更显而易见了;不管是现在还是二十年内,死的永远是同一个我。我这番理论唯一有点尴尬的是,一想到那可多活的二十年,强烈的欲望便在我心中翻腾。不过我只消想象这二十年中,当我还是得回来面对这一关时会作何感想,这股渴望便会被浇熄。可以确定的是,当人生走到尽头,死亡的时间和死法已不重要。因此(困难处在于不要忘记这个"因此"所代表的一连串辩证),我必须接受上诉遭到驳回的事实。

此时此刻,经历了这许多心理建设,我才给自己探讨第二种假设的权利:上诉成功,获得减刑;麻烦的是得尽量平复这份让我全身血液逆流、眼眶泛泪的荒诞喜悦。我必须全神贯注来压抑尖叫,才能保持理智。我必须以平常心看待这个假设,那么我在第一种假设里的顺从和消极才算合情合理。一旦成功,我得到的是一个小时的平静。尽管时间不长,那也是不简单的啊。

就是在这些思绪翻来覆去的时刻里,我又一次拒绝了监狱牧师的来访。我平躺着,从微泛金黄色的天空预见夏夜的降临。我刚刚驳回了自己的上诉,正感觉身体里的血液规律地循环着。我毫无会见监狱牧师的必要。接着,长久以来第一次,我想起了玛莉。她已经有好些时日没再写信给我。这天晚上,我仔细想了想,告诉自己也许她厌倦了继续当死刑犯的情妇;又或者她生了病还是过世了,这些都是可能的原因。我们分隔两地的躯体,已失去任何联系,也没有什么可供彼此追忆。再说,从推测她有可能死亡开始,玛莉的回忆对我已无关紧要。她一旦死去,我便不再感兴趣。我觉得这很正常,因为我完全能理解自己死后,人们将把我遗忘。他们不会再跟我有任何关系。我甚至不能说这种想法会让我伤心难过。

就在这个时候,监狱牧师突然进来了。我一见到他,禁不住微微打冷战,他看到后告诉我不要害怕。我说习惯上他总是在另一个时间过来,他回答说这只是一次友善的探访,与我的上诉没有任何关连,他对此也一无所知。他在我的床上坐下,并请我过去坐在他身边,但我一口拒绝了。虽然如此,我还是觉得他的态度很温和,很亲切。

他持续坐了一会儿,手臂搁在膝盖上,低头盯着自己的双手,接着将它们缓慢地互相摩擦着;纤细而结实,它们让我联想到两只敏捷的小动物。之后他的头始终低低的,维持同样的姿势不动,就这样过了良久;有一刻,我甚至感觉自己忘了他的存在。

忽然,他抬起头面对着我说:"为什么你一再拒绝我的探视?"我回答说我不相信上帝。他想知道我是否真的确定这一点,我说我没必要思考这个问题,信不信上帝对我而言并不重要。他听完往后靠着墙壁,双手平放在大腿上,几乎看不出来是在跟我说话。他表示有时候我们自以为很笃定的事,实际上却非如此。我没有回话。他看着我问道:"你的看法是什么?"我回答说这是有可能的。不过无论如何,就算我不确定自己真正感兴趣的是什么,我对自己不感兴趣的事却非常确定。而他想跟我谈的话题,正好就是我不感兴趣的。

他转过头去,不再注视着我,但没有改变姿势,接着问我是否因为过于绝望才这么说。我解释说自己并不是绝望,而是害怕,这很正常。"那么上帝能帮助你,"他说道:"所有我见过与你相同处境的人,都转而求助于他。"我承认这是他们的权利,而且他们愿意付出那样的时间。至于我,我不需要帮助,也已没有时间去为我原本不感兴趣的事情培养兴趣。

这时,他双手的动作透露出不快,不过还是重新坐正,一边整理牧师袍的皱褶。整理妥当以后,他称呼我为"我的朋友",又说他这样对我说话并非因为我是个死刑犯,依他所见,世上每个人都被判了死刑。我打断他说这完全是两回事,不能混为一谈;再说,不管怎样,这种观点都不会带来安慰。"当然,"他同意道:"你说的没错。但就算你今天逃过一劫,死亡还是迟早的事。于是,同样的问题会再度出现。你要如何面对这令人畏惧的考验?"我回答自己会用和现在一模一样的方式面对它。

听完他站了起来,直视我的双眼。这是我非常熟悉的游戏。我经常跟艾曼纽勒或赛勒斯特比赛,结果通常是他们先认输避开我的目光。我立刻就看出来,牧师对这个游戏也很在行:他的眼神毫不闪烁。当他说话时,声音也很平稳:"难道你完全不抱任何希望?难道一直以来,你都认为死后自己的生命将完全消逝,没有什么会遗留下来?"我回答道:"对。"

他低下头,又坐了下来。他说他同情我,他认为这种想法必定会让人生变得难以忍受。但我只觉得他开始令我感到厌烦。走到天窗下,我背靠着墙壁,撇过头去。尽管不太专注,我还是听见他继续向我抛出一连串的问题,声音中充满不安和急迫。我明白他当真苦恼了起来,这才比较用心听他说话。

他说他确信我会上诉成功,但我背负着沉重的罪孽,必须设法将之卸下。据他所言,人类的审判微不足道,上帝的审判才是至高无上的。我却指出将我判处死刑的是前者,而非后者。他的回答是那并不足以洗净我的罪过。我告诉他我不知道所谓罪过为何,只是被告知自己犯了罪;因为有罪,所以得为此付出代价,没人有权再对我做出更多要求。此时他又站起身来。我忽然懂了在这间狭小的牢房里,若是他想变换姿势,唯一的选择不是坐下就是站起来。

我的一双眼睛正盯着地上。他朝我迈进一步,然后停了下来,好似他不敢再靠近。他透过栏杆观望天空。"你错了,孩子,"他说:"人们可以对你做出更多要求。也许不是现在,但是在将来。"我问:"什么要求?"他回答:"你可能被要求去看。"我又问:"看什么?"

牧师环顾四周,用我觉得极其疲惫的声音回道:"这些砖石渗着痛苦,我很清楚,我每次看到总是感到焦虑不安。但是在内心深处,我知道即使是你们当中最卑鄙可耻之徒,也曾经看到黑暗的墙面中,有张神圣的面容浮现。这便是你要看的。"

我有点被激怒了。我说我盯着这四面墙已经有好几个月了。对它们,我比对世界上任何事物、任何人都更熟悉。很久以前,也许我曾经试图从中寻找一张脸庞,但它带着太阳的颜色和欲望的火苗:那是玛莉的脸庞。我的尝试只是徒劳无功,什么都没找到。现在,我已经完全放弃了。总而言之,我从来没看到这些砖石中浮现过什么影像。

牧师悲伤地望着我。我的背紧贴着高墙,日光洒在我的额头上。他说了几个我没听清楚的字,接着很快地问可否亲吻我。"不行,"我回道。他转过身走向墙边,缓慢地伸手顺着摸过墙面,边喃喃地说:"你真有那么爱这个世界吗?"我没有回答。

他就这样背对着我颇长一阵子。他的存在让我喘不过气，令我厌烦，我正想请他离开，留下我独自一个人时，他猛然转向我激动地大声呼喊："不，我不能相信。我确定你一定曾经希望有来世。"我回答那当然，但这跟希望成为富翁、游泳游得很快，或嘴唇长得更漂亮相差无几。每个人都有这一类的愿望。但他打断了我，并询问我想象中的来世是怎么样的。我咆哮道："能让我记起这一世的，那就是我想象的来世！"紧接着我马上告诉他我受够了。他还想跟我谈论上帝，我走向前想跟他解释最后一次，我剩下的时间不多了，不想把时间浪费在上帝身上。他试着转移话题，问我为什么称呼他"先生"而非"神父"。他这句话惹恼了我，我回答说他不是我的神父，他是站在其他人那一边的。

"不，孩子，"他拍拍我的肩膀说："我是站在你这边的。只不过你的心已被蒙蔽，所以看不出这一点。我会为你祈祷。"

不知道为什么，一股无名火在我体内爆发开来，我扯着喉咙对他破口大骂，要他别为我祈祷。我抓住他长袍上的颈带，在喜怒参半的迷乱中，将心底涌上的怨气一股脑儿朝他宣泄。他看来的确是信心满满，对吧？然而，再多坚定的信念也比不上一根女人的头发。他活得就像具行尸走肉，甚至不能说他是实实在在地活着。我表面上看起来也许是两手空空，但我对自己有把握，对一切都有把握，对自己的人生和即将来临的死亡有把握，比他有把握得多。没错，这是我手上仅存的筹码。可是至少我掌握了此一事实，一如它掌握了我。过去我是对的，现在我还是对的，我一直都是对的。这是我的生活方式，只要我愿意，它也可以是完全另外一种。我选择了这样做而非那样做。我没去做某件事，却做了另一件事。然后呢？就像我一直都在等待这一刻，这个我将被证明无罪的黎明；一切的一切都不重要，我很清楚为什么，他也很清楚。从我遥远的未来，一股暗潮穿越尚未到来的光阴冲击着我，流过至今我所度过的荒谬人生，洗清了过去那些不真实的岁月里人们为我呈现的假象。他人之死、母亲之爱、他的上帝、他人所选择的生活、他人所选择的命运，与我何干？反正找上我的这种命运，也会找上成千成万像他一样自称为我兄弟的幸运儿。所以，他明白吗？活着的人都是幸运儿，世上只有这一种人。大家一样迟早要死，连他也不例外。一个谋杀罪被告，若只是因为没有在他母亲下葬时哭泣而被处决，那又如何？萨拉曼诺的狗的地位，等同于他的太太。举止如机器人般的娇小女子，跟马颂娶的巴黎人，或想嫁给我的玛莉一样有罪。雷蒙和比他强上许多的赛勒斯特同样是我的哥儿们，那又如何？玛莉今天为另一个默尔索献上双唇，那又如何？眼前这个死刑犯会明白吗？从我遥远的未来袭来的……我在呼喊这一长串字句中上气不接下气。这时，看守们出现，将我从牧师身上拉开，并警告我勿生事端。他反过来安抚他们，并望着我好一会儿沉默不语，眼中满是泪水。最后他转身掉头离去。

他一走，我又找回了宁静。我累得扑到床上去。我想我是睡着了，醒来时已见点点星光映入眼帘，属于乡野的声音从远处传来。夜晚的清新、土地和海盐的芬芳令我精神一振。夏夜不可思议的静谧像潮汐般将我淹没。此时，在这黑夜尽头、拂晓之前，我听见汽笛声响起。它宣示着旅程即将展开，通往从现在直到以后对我而言已完全无所谓的世界。许久以来第一次，我想起了妈妈。我想我了解为何她在生命来到终点时找了个"男朋友"，为何她会玩这种重头来过的游戏。即使是在那里，在那个生命逐一消逝的养老院，夜晚依然像个忧郁的休止符。与死亡那么靠近的时候，妈妈必然有种解脱之感，而准备重新再活一次。这世上没有人，没有任何人有权为她哭泣。我也像她一样，觉得已经准备好重新再活一次。仿佛那场暴怒净化了我的苦痛,掏空了我的希望;在布满预兆与星星的夜空下,我第一次敞开心胸,欣然接受这世界温柔的冷漠。体会到我与这份冷漠有多么近似,简直亲如手足。我感觉自己曾经很快乐,而今也依旧如是。为了替一切画上完美的句点,也为了教我不觉得那么孤单,我只企盼行刑那天能聚集许多观众,以充满憎恨和厌恶的叫嚣来送我最后一程。

导读:默尔索的成年礼

赵晓力

一、妈妈

《异乡人》①以"今天,妈妈走了"开头,以"许久以来第一次,我想起了妈妈"结束。

默尔索是一个成年人,他有工作,有女朋友,有性生活;他杀了一个人,能够上法庭、负刑事责任。

但他还是习惯叫"妈妈"。②

养老院电报上的用词是"母殁",养老院院长和门房,葬仪社的员工,以及默尔索杀人案中的律师和检察官,在和默尔索谈到他妈妈的时候,都是说:"你母亲"。

但在默尔索的叙述中,一直喊的是"妈妈",甚至一并提起父母亲的时候,也改不了口:"我就会想起妈妈讲过一个有关我父亲的故事"——

---

① 也译作《局外人》。
② 很多评论注意到这一点,如:萨特:"《局外人》的诠释",见施康强编:《萨特文论选》,人民文学出版社1991年版,第54—72页。Otten, Terry, "'Mamam' in Camus' *The Stranger*", *College Literature* 2, 2 (1975): 105—11.

我从来没见过他，关于他最清晰的印象也许就是妈妈告诉我的这件事：他去看了某个杀人犯的处决。尽管光是动了这个念头已教他浑身不舒服，他还是勉强去了，结果回来呕吐了整个上午。

小说里只有在这个地方提到了默尔索的父亲。我们不知道他的父亲是不是早死了，还是怎么了。

从小说里我们知道，默尔索上过学。但中途无奈放弃了学业。

他去过巴黎。在阿尔及利亚这个法国的殖民地，人们以巴黎为荣。养老院的门房让默尔索知道，他是巴黎人，很怀念巴黎的生活；默尔索的女朋友玛莉很乐意到巴黎去；马颂的太太有巴黎口音；在默尔索杀人案（和一宗弑父案）开庭期间，有巴黎派来的记者——但，当老板想在巴黎设一个办事处，征求默尔索意见的时候，他拒绝了。玛莉问他对巴黎的印象，他说："那里满脏的，到处都是鸽子和阴暗的庭院，而且人的肤色很苍白。"

巴黎的阴暗和阿尔及尔的阳光，那里人们苍白的皮肤和这里人们晒黑的皮肤形成对照。默尔索大概在阿尔及尔港口的什么船运公司工作。从小说里我们看到他要处理提货单；办公室能够俯瞰整个海港。中午他和同事回城吃中饭。吃完饭还能回家小睡一会儿。他每周工作五天。礼拜六、礼拜天休息。

他并不去教堂。

默尔索是在礼拜四接到养老院的电报;下午坐了两个小时的公交车过去。礼拜四晚上守灵。礼拜五妈妈下葬,天黑以后赶回城里。礼拜六他去游泳,碰见了以前的同事玛莉。晚上他们一起看了一部喜剧电影,并睡在了一起。礼拜天早上玛莉要去婶婶那儿。

然后是又一个周末,默尔索和玛莉一起度过。

然后又是一个周日,默尔索和邻居雷蒙,应邀去雷蒙的朋友马颂夫妇在海滩的木屋过。

这一天,发生了命案,默尔索开枪杀死了一个摩尔人。

这时,离默尔索的妈妈去世、下葬,不过两个礼拜。

二、 命案

默尔索是怎么涉入这桩命案的?

妈妈下葬后的下一个周一,默尔索帮邻居雷蒙写了一封信。这个雷蒙是个拉皮条或者吃软饭的,他和情妇发生了矛盾,并和情妇的哥哥打了一架。默尔索帮雷蒙写了一封信,羞辱情妇。

在写信的时候,默尔索才知道雷蒙的情妇是个摩尔人——北非的阿拉伯人。

下一个周日,雷蒙在他的住处殴打了情妇,并引来了警察。下午,雷蒙希望默尔索帮他去警察那儿作证,默尔索答应了。并且在下个周六做了证。

再下一个周日,雷蒙请默尔索、玛莉到他的朋友马颂夫妇的海滨小木屋去玩。出发的时候,他们发现了和雷蒙打架的那个阿拉伯人,雷蒙情妇的哥哥,和一帮阿拉伯人就等在他们的公寓对面。自从上周日雷蒙殴打了情妇,这伙人已经盯着他好几天了。

雷蒙的对头和另一个阿拉伯人,尾随他们来到了海滩。默尔索、雷蒙、马颂饭后散步的时候,两拨人狭路相逢,雷蒙和马颂打翻了两个阿拉伯人,但对方也用刀划伤了雷蒙的手臂和嘴,然后一溜烟跑了。

包扎完伤口,雷蒙不忿,带着手枪去找阿拉伯人。默尔索跟着。四人对峙。阿拉伯人在手枪亮出来的时候落荒而逃。雷蒙心情大好。

默尔索陪雷蒙回到木屋。他自己却返回到刚才四人对峙的地方。雷蒙的对头还在。在正午暴烈的阳光下,那人亮出了刀子,默尔索开了枪。开了第一枪后,又朝倒在地下一动不动的那人连开了四枪。

三、雷蒙

这是一桩费解的命案。明明是雷蒙和阿拉伯人的冲突,为什么最后是默尔索开枪杀了人?

小说中直接和阿拉伯人有交集的只有雷蒙一个人。事情也是因他而起。雷蒙先说了他和人打架的事;这个人是他情妇的哥哥。而他的情妇在金钱上欺骗他。他想出了一个新颖的羞辱情妇的办法:就是先写一封信,"里头不仅狠狠修理她,又要教她觉得后悔不已。然后,当她回头来找他,他会跟她上床,就在正要完事的当儿朝她脸上吐痰,再把她赶出去"。在这个高难度的计划中,对雷蒙来说最难的是写这封信,正是这封高难度的信让他想到找默尔索帮忙。

雷蒙告诉默尔索他的情妇的名字的时候,默尔索才意识到雷蒙的情妇是摩尔人。但像他对任何事物的态度一样,这无所谓。

接下来的一周里,雷蒙寄走了信;到周日,雷蒙的计划执行到最后环节——只是，先动手的不是雷蒙，而是她的情妇。雷蒙只好在公寓里殴打情妇，事情又回到原有的模式。玛莉听不下去，让默尔索去叫警察，默尔索说他不喜欢警察。住在三楼的水管工找来了警察。警察打了雷蒙一个嘴巴，不是因为他打了那个摩尔姑娘，而是他在警察问话的时候嘴里还叼着一支烟。

像任何吃软饭的男人一样，雷蒙很在乎自己的男子汉形象。可是他的男子汉形象里总是透露出吃软饭的信息，就像"他前臂的黑手毛下面露出苍白的皮肤"。他的床上方挂着几张冠军运动员和裸体女郎相片，这很男人；但那儿同时又挂着白色、粉红色相间的天使石膏像。他说话，嘴里老是"男人""哥儿们""兄弟"这样的词，但他拿出来写信的家什却是"方格纸、黄色信封、一只小红木杆沾水笔和装着紫墨水的方墨水瓶"，真是女里女气。

警察打了雷蒙一个嘴巴。让雷蒙觉得很没面子。他跑来问默尔索：警察打他时，默尔索是否期待他还手。默尔索说他没那样的想法，而且自己不喜欢警察，这让雷蒙很高兴。马上拉着默尔索去做一些很男人的事：喝白兰地、打撞球、上妓院。后者因默尔索不好此道而作罢。

在发生命案的那个上午，雷蒙、默尔索、玛莉三人准备出发去海滩，雷蒙发现他的对头和那伙阿拉伯人还等在公寓对面的时候,他还是很紧张的。知道他们没有跟来才松了一口气。

实际上雷蒙的对头和另外一个阿拉伯人还是跟来了。饭后第一次冲突的时候,是雷蒙和马颂先动的手。默尔索只是预备队。雷蒙和马颂已经认识很久了,有段时间他们曾住在一起。两人打起架来配合很好,阿拉伯人完全不是对手,只是手里有刀子才占了点便宜。

雷蒙吃了亏,手臂绑了绷带,嘴上贴了胶布。最关键的,在朋友面前丢了脸。按照雷蒙的习惯,这个面子是一定要找回来的。我们不知道雷蒙口袋里的枪是哪儿来的。但很有可能是马颂的。当雷蒙气哼哼地出去寻仇时,马颂并没有跟出来。默尔索跟着他。

和阿拉伯人对峙的时候,雷蒙和默尔索有以下一段对话:

雷蒙摸着口袋里的枪,说:"我一枪毙了他?"

默尔索:"他还没跟你说过半句话。这样开枪不够光明正大。"

雷蒙:"好,那我要狠狠骂他两句,等他回嘴我就毙了他。"

默尔索:"没错。不过如果他没亮出刀子,你就没理由开枪。"

这两个人并不是在讨论如何使自己的行为看上去符合"正

当防卫"。法学家在读到这一段的时候,总是发生这样的误解。① 这两个人讨论的不是如何开枪而不受法律追究,而是如何开枪才更像个"男人"。要注意的是,是默尔索提出了在这种状况下符合男子气概的两个条件:第一,不能先动手,要后发制人,这实际上是对第一场冲突中,雷蒙和马颂采取先发制人模式的否定;第二,手段要对等,不能对方骂你你就开枪,起码要等到对方亮出刀子。

默尔索不知道,他否定了白人殖民者对付被殖民者的普遍模式,仗着武器先进,先发制人这件事他们已经干了好几百年了。虽然这很没有骑士道德,很不男人。但认为被殖民者和自己一样是男人并与之决斗不是殖民者的习惯。

雷蒙面对默尔索的提议不知所措。这时,默尔索提出了他的方案:"把你的手枪给我,跟他一对一单挑。要是另一个人来插手,或是他再拿出那把刀子,我就毙了他。"

默尔索是在这一刻成为这场冲突的主角的。他重新制定了游戏规则。像个男人一样对待任何对手。这一刻也是他的成年礼。默尔索要走雷蒙那把枪,是希望雷蒙也像个男人一样和对

---

① 例如,〔美〕波斯纳:《法律与文学》(增订版),李国庆译,中国政法大学出版社2002年版,第55—56页。

手单挑;同时,他期待自己也像个男人一样加入这场决斗,他期待的是一个拿刀子的对手。

在手枪亮出来之后,两个手里有刀、气定神闲、芦苇笛子吹个没完的阿拉伯人突然就溜了。

雷蒙的虚荣心终于有了着落。他已经和对头打了两架,每次都挂彩。只有这次挽回了面子,他心情好多了,还提起了回程的公交车班次。

四、 法律

从一开头,预审法官就对如何审理默尔索杀人一案指出了方向:本案关注的不是罪行,而是犯罪的人。他对默尔索说:"我真正感兴趣的,是您本人。"

预审法官从两个方面开始研究默尔索。第一,是不是爱妈妈?第二,是不是信上帝?第一个是伦理的,第二个是宗教的。他本人更关心第二个问题。与此相关,他对默尔索一共开了五枪这一点大感不解。"为什么?为什么您会朝一个倒在地上的人开枪?"

默尔索告诉他自己不信上帝;但对为什么开了一枪之后,又连开四枪这个问题,却不知如何回答。十一个月后,预审法官接受了默尔索不信上帝这一点,开玩笑地称默尔索为"反基督先生"。

其他法律人集中在第一个问题上。首先是警察调查了默尔索的私生活。在养老院那里他们得知,默尔索在母亲葬礼那一天表现得无动于衷。律师向他核实这一点。默尔索回答说,他当然爱妈妈,但"每个心智健全的人,多多少少都曾盼望自己所爱的人死去"。律师大惊失色,似乎默尔索道出了一个这个社会普遍存在的心理事实。

十一个月的预审结束了。在第二年的六月的正式庭审过程中,默尔索在母亲葬礼及其后的行为又被公开审理了一遍。院长、门房、母亲的男朋友汤玛·菲赫兹的证词被检察官用来证明默尔索对母亲的冷漠。他不要看母亲的遗容,他没有掉一滴眼泪,葬礼结束马上就离开,他不知道母亲的岁数,他在守灵的时候抽烟、睡觉、喝了牛奶咖啡,而检察官认为,按照某种默认的社会规则,"陌生人可以送上咖啡,但为人儿女,在孕育自己生命的遗体面前,却应该加以拒绝";玛莉的证词则被用来证明:"母亲下葬后第二天,这个男人到海边戏水,开始一段新的男女关系,而且还在放映喜剧片的电影院里哈哈大笑"。

检察官还力图把默尔索描绘成雷蒙这个声名狼藉的皮条客的共犯。默尔索写的那封信被认为是整个事情的导火索,雷蒙殴打情妇时他没有阻止,他还到警察那儿为雷蒙作证。最后,"为了微不足道的理由和一件伤风败俗的卑劣勾当,冷血地犯下了杀人的罪行"。当律师问默尔索在母亲葬礼上的表现和杀人之间有什么关系的时候,检察官喊出了他的名言:"我控诉这个男人带着一颗罪犯的心埋葬了母亲。"

检察官更进一步指控,默尔索在精神上杀死了自己的母亲。这和法庭即将审理的一桩弑父案是同构的。"一个在精神上杀害母亲的人,和双手染上至亲鲜血的人,一样为社会所不容,因为前者种的因可能导致后者结的果。"

默尔索没头没脑地杀死一名阿拉伯人在这群白人看来是非常费解的。雷蒙满不在乎地殴打情妇才是白人对待阿拉伯人的正常模式。雷蒙殴打了自己的情妇,默尔索到警察局作证,警察根本就没有调查他的证词;同样,雷蒙的情妇,被杀的阿拉伯人的同伴,根本就没有出现在默尔索杀人案的证人席上。萨义德抱怨说:默尔索"杀死了一名阿拉伯人。但是这个阿拉伯人没有名字,并且似乎也没有历史,更不用说父母了"①。法庭对默尔索这个人和他的灵魂的关注,超过了对那个无名无姓的阿拉伯人的生命及社会关系的总和的关注。

在殖民者的法庭上,只有当检察官将默尔索在肉体上杀死阿拉伯人的行为,转化为在精神上杀死自己母亲的行为时,默尔索的罪行才变成了真正的罪行,可惩罚的罪行。

五、 父亲

法庭判决说,它将以法兰西国民的名义,以非常法兰西的方式,即断头台,将默尔索在广场上斩首示众。

这时,预审法官之外,第二个关注默尔索的灵魂的人——监狱神父上场了。这是另一场审判。第一场法律审判仅仅处决默尔索的肉体,第二场宗教审判将拯救他的灵魂。没有第二场审判,第一场审判将是失败的。从上帝的观点看,每个人都是必死的,好像每个人从出生起就被判处了死刑。人类的审判微不足道,上帝的审判才是至高无上的,神父说。

---

① 〔美〕萨义德:《文化与帝国主义》,李琨译,生活·读书·新知三联书店2003年版,第150页。

默尔索输掉了第一场审判,却赢得了第二场审判。他否认上帝和代表上帝的神父对生与死、灵魂与肉体的区分。他迷恋的是玛莉的肉体;他在乎的是自己的肉体的感觉。他对妈妈葬礼那天的热,对打死阿拉伯人那天的热,对法庭上的热,都极为敏感。"路途颠簸、汽油的味道、刺眼的阳光和路面反射的热气",让他在去养老院的路上睡着了;"咖啡暖和了我的身子,夜晚的味道和花香从开着的门飘进来",让他在为妈妈守灵时睡着;从养老院回来,他一口气睡了十二个小时。大部分时候,他顺从肉体的需要。包括他和玛莉的关系,也仅仅是需要,而不是欲望。在这一点上,法庭的确误解了他,把他视为一个和雷蒙一样为欲望而不是需要活着的人。他的需要只是一种习惯。在监狱里,他一一克服了性欲、烟瘾和失眠,用需要代替了欲望。①"最后那几个月,我一天能睡上十六到十八个小时。""这也是妈妈的看法,她以前经常这么说:人到最后什么事都会习以为常。"他并不是一个欲望强烈、意志坚定的人,这我们都能同意。

　　小说中默尔索最具有意志力的举动,是在陪雷蒙回到小木屋之后,没有走上楼梯,而是转身走向海滩:

---

① McCarthy, Patrick, *Albert Camus*, *The Stranger*, Cambridge; New York: Cambridge University Press, 1988, p. 58.

阳光还是炙热得伤眼。沙滩上，大海急遽喘息，吞吐着一波波小浪。我慢慢地朝岩石堆走去，感觉前额在太阳下发胀。高温压迫着我，不让我往前行。每当感到它炎热的气息侵袭脸颊，我便咬紧牙关，紧握插在长裤口袋里的拳头，奋力一搏，想战胜太阳和它试图灌入我体内的麻醉剂。

　　克服自己的习惯，战胜太阳，这是整部小说中默尔索最勇敢、最具有男子气的举动。就在此前不久，看着马颂夫妇，他第一次有了结婚的念头，并且和雷蒙、马颂商量好了八月份一道来海边度假，费用均摊。一种平庸的幸福已经横在他的面前——和玛莉或者什么人结婚，生孩子，成为父亲。就像他在那个周日的午后，在阳台上看到的那个领着一家四口外出散步的父亲。但是，这个男孩直到此刻仍然没有完成自己的成年礼。

　　在西方文化中，弑父总是和成年纠缠在一起。成年就是成为父亲那样的人，而成为父亲那样的人，最直截了当的方式就是杀死父亲。在周日的海滩上，默尔索的弑父和成年采取了战胜太阳、杀死阿拉伯人这样匪夷所思的荒谬形式。整个成年仪式完成于监狱中，默尔索走上断头台前夕。他拒绝称呼神父为

"父",拒绝神父称自己为"子",在对神父的咆哮中,这一弑父过程最终完成了:

> 我抓住他长袍上的颈带,在喜怒参半的迷乱中,将心底涌上的怨气一股脑儿朝他宣泄。他看来的确是信心满满,对吧?然而,再多坚定的信念也比不上一根女人的头发。他活得就像具行尸走肉,甚至不能说他是实实在在地活着。我表面上看起来也许是两手空空,但我对自己有把握,对一切都有把握,对自己的人生和即将来临的死亡有把握,比他有把握得多。没错,这是我手上仅存的筹码。可是至少我掌握了此一事实,一如它掌握了我。过去我是对的,现在我还是对的,我一直都是对的。这是我的生活方式,只要我愿意,它也可以是完全另外一种。

这个男孩终于成年,他确定了自己生活方式的全部正当性,而毋庸遵从任何他人包括上帝所规定的道德、礼俗、宗教与法律。这全部的自由使得他终于能够像一个成年人理解另一个成年人那样理解了自己的妈妈,理解了她为什么"在生命来到终点时找了个'男朋友',为何她会玩这种重头来过的游戏"。他期望在自己被行刑的那一天,来观看的是一伙"充满憎恨和厌恶的叫嚣来送我最后一程"的观众,其中不包括他的生身父亲,那个在看了一个杀人犯的处决后呕吐了一个上午的男人。

加缪作品年表

年份	作品名称	原文名
1937	《反与正》	L'envers et l'endroit
1938	《卡里古拉》	Caligula
1938	《婚礼》	Les Noces
1942	《异乡人》(《局外人》)	L'étranger
1942	《西西弗的神话》	Le Mythe de Sisyphe
1944	《误会》	Le Malentendu
1947	《鼠疫》	La Peste
1948	《围城状态》	L'Etat de Siege
1949	《义人》	Les Justes
1950	《乔那斯或工作中的艺术家》	Jonas ou l'artiste au travail
1951	《反抗者》	L'Homme révolté
1954	《夏天》	L'Eacuteté
1956	《堕落》(《坠落》)	La Chute
1957	《困惑灵魂的叛变》	Le Renégat ou un esprit confus
1957	《沉默之人》	Les Muets
1959	《附魔者》	Les Possédés
1971	《快乐的死》	La Mort heureuse

图书在版编目(CIP)数据

异乡人/(法)加缪著;张一乔译.—北京:北京大学出版社,2015.1
ISBN 978-7-301-25178-2

Ⅰ.①异… Ⅱ.①加… ②张… Ⅲ.①长篇小说—法国—现代 Ⅳ.①I565.45

中国版本图书馆 CIP 数据核字(2014)第 278714 号

L'étranger by Albert Camus
本书中文译稿由城邦文化事业股份有限公司—麦田出版事业部授权使用,非经书面同意不得任意翻印、转载或以任何形式重制。

书　　　　名:	异乡人
著作责任者:	〔法〕加缪　著　张一乔　译
责 任 编 辑:	白丽丽
标 准 书 号:	ISBN 978-7-301-25178-2/D·3724
出 版 发 行:	北京大学出版社
地　　　　址:	北京市海淀区成府路 205 号　100871
网　　　　址:	http://www.pup.cn
新 浪 微 博:	@北京大学出版社　@北大出版社法律图书
电 子 信 箱:	编辑部 law@pup.cn　总编室 zpup@pup.cn
电　　　　话:	邮购部 62752015　发行部 62750672
	编辑部 62752027　出版部 62754962
印 刷 者:	北京中科印刷有限公司
经 销 者:	新华书店
	880 毫米×1230 毫米　A5　4.75 印张　78 千字
	2015 年 1 月第 1 版　2025 年 7 月第 26 次印刷
定　　　价:	28.00 元

未经许可,不得以任何方式复制或抄袭本书之部分或全部内容。
版权所有,侵权必究
举报电话:010-62752024　电子信箱:fd@pup.cn

图书在版编目(CIP)数据

异乡人/(法)加缪著;张一乔译.—北京:北京大学出版社,2015.1
ISBN 978-7-301-25178-2

Ⅰ.①异… Ⅱ.①加…②张… Ⅲ.①长篇小说—法国—现代 Ⅳ.①I565.45

中国版本图书馆 CIP 数据核字(2014)第 278714 号

L'étranger by Albert Camus
本书中文译稿由城邦文化事业股份有限公司—麦田出版事业部授权使用,非经书面同意不得任意翻印、转载或以任何形式重制。

书　　　　名:	异乡人
著作责任者:	〔法〕加缪　著　张一乔　译
责　任　编　辑:	白丽丽
标　准　书　号:	ISBN 978-7-301-25178-2/D·3724
出　版　发　行:	北京大学出版社
地　　　　址:	北京市海淀区成府路 205 号　100871
网　　　　址:	http://www.pup.cn
新　浪　微　博:	@北京大学出版社　@北大出版社法律图书
电　子　信　箱:	编辑部 law@pup.cn　总编室 zpup@pup.cn
电　　　　话:	邮购部 62752015　发行部 62750672
	编辑部 62752027　出版部 62754962
印　　刷　　者:	北京中科印刷有限公司
经　　销　　者:	新华书店
	880 毫米×1230 毫米　A5　4.75 印张　78 千字
	2015 年 1 月第 1 版　2025 年 7 月第 26 次印刷
定　　　　价:	28.00 元

未经许可,不得以任何方式复制或抄袭本书之部分或全部内容。
版权所有,侵权必究
举报电话:010-62752024　电子信箱:fd@pup.cn